न जाने कहाँ कहाँ

(बांग्ला उपन्यास का हिन्दी अनुवाद)

न जाने कहाँ कहाँ

आशापूर्णा देवी

अनुवादक

ममता खरे

भारतीय ज्ञानपीठ

राष्ट्रभारती / लोकोदय ग्रन्थमाला : ग्रन्थांक 563

ग्रन्थमाला सम्पादक

रवीन्द्र कालिया

सह-सम्पादक

गुलाबचन्द्र जैन

न जाने कहाँ कहाँ

(बांग्ला उपन्यास)

आशापूर्णा देवी

नौवाँ संस्करण : 2012

मूल्य : 325 रूपये

ISBN 978-81-263-4084-2

प्रकाशक : **भारतीय ज्ञानपीठ**

18, इन्स्टीट्यूशनल एरिया, लोदी रोड, नयी दिल्ली-110 003

मुद्रक : बालाजी ऑफसेट, शाहदरा, दिल्ली-110 032

आवरण : सत्यसेवक मुकर्जी, आवरण-सज्जा : ज्ञानपीठ कला प्रभाग

NA JAANE KAHAN KAHAN
(Bengali Novel)
by Ashapurna Devi

Published by : **Bharatiya Jnanpith**
18, Institutional Area, Lodi Road, New Delhi-110 003

e-mail : jnanpith@satyam.net.in, sales@jnanpith.net
website : www.jnanpith.net

Ninth Edition : 2012
Price : Rs. 325

मैं अब देख रहा हूँ मैंने यह एक निरर्थक ज़िद की थी।
दरअसल हमारी दृष्टि हर समय स्वच्छ नहीं रहती।
अपने चारों ओर एक घेरा बनाकर हम अपने को
उसी में क़ैद कर लेते हैं, और फिर
अपना ही दुःख, अपनी वेदना, अपनी समस्या, अपनी असुविधा—
इन्हें बहुत भारी, बहुत बड़ा समझने लग जाते हैं
और सोचते हैं कि हमसे बुरा हाल और किसी का
नहीं होगा, हमसे बड़ा दुःखी इन्सान दुनिया में नहीं।
जब नज़र साफ़ कर आँखें उठाकर देखता हूँ तो पाता हूँ—
दुनिया में कितनी तरह की समस्याएँ हैं !
शायद हर आदमी दुःखी है।.......

न जाने कहाँ कहाँ

जाड़ा बिदा हो चुका था।

हर कमरे में, डाइनिंग रूम में, टी. वी. वाले कमरे में हर समय फुलफोर्स में पंखे घूमते रहते। चैताली के अलावा, कमरे से उठकर जाते वक़्त कोई भी पंखा बन्द नहीं करता था।

प्रवासजीवन के कमरे में अभी भी पंखा चलना शुरू नहीं हुआ है। ये लोग कमरे में घुसते ही बोल उठते, "अरे बाप रे ! आप भी अजीब हैं। इस गरमी में···"और पंखे का स्विच ऑन कर देते।

काटुम या काटाम कमरे में घुसते ही 'ही ही' करके हँसने लगते, "बाबाजी, आपने अपनी रजाई हटा दी है ? ओढ़ोगे नहीं ?"

हालाँकि प्रवासजीवन ऐसी बातों का बुरा नहीं मानते हैं। उन्हें सचमुच उतनी गरमी लगती नहीं है। बल्कि सुबह तड़के और शाम को जैसे ही सूरज ढलता है उन्हें हल्की ठण्ड लगती है। तब वे पतला-सा एक शॉल खींचकर ओढ़ लेते हैं।

आज भी एक शॉल ओढ़े शाम की डाक में आये पत्रों को देख रहे थे। एक-आध पत्र-पत्रिकाएँ आज भी आती हैं। अंग्रेजी जर्नल। उन्हीं जर्नलों के बीच में से एक उनके नाम का लिफाफा देखकर आश्चर्यचकित हुए। परिचित, महिला की लिखाई—यद्यपि अब जो प्रायः विस्मिता थी।

पत्र को दो-तीन बार पढ़ा और अपने अनजाने में शॉल हटाकर कुछ चंचल हो उठे। इन लोगों से यह बात कहेंगे कैसे ?

न जाने क्यों जब से 'प्रनति' चली गयी हैं, घर के अन्य लोगों को वे इकाई के रूप में देखते हैं 'ये लोग' 'इनका' 'इन्हें'। अलग किसी की कोई सत्ता नहीं थी प्रवासजीवन के लिए।

जबकि 'ये लोग' हैं कौन ? बड़ा बेटा दिव्य, उसकी पत्नी चैताली, उनके दो बच्चे 'काटुम' 'काटाम'। हालाँकि एक जन और भी है। छोटा बेटा सौम्य। पर वह इस घर में रहता ही कितना है ! और उसका सम्बन्ध है ही किसके साथ ! वह 'इन लोगों' का भी कोई नहीं, प्रवासजीवन का भी कोई नहीं। घर के किसी विषय से वह जुड़ा नहीं है। फिर भी, जब तक प्रनति थीं शायद पतली-सी एक डोर से बँधा था···अब तो ख़ैर वह डोर टूट ही चुकी है।

युनिवर्सिटी के रजिस्टर पर नाम ज़रूर चढ़ा हुआ है। समय से जाता है या नहीं, किसी को पता नहीं। कौन जाने, जाता हो ! लेकिन उसे पढ़ते-लिखते किसी ने देखा नहीं। तो क्या किसी राजनीतिज्ञ सीनियर भइया के चंगुल में फँसा है ? वैसा कुछ भी तो नहीं लगता है।

ख़ैर, उसके बारे में कोई सोचता नहीं है। घर में दोनों वक़्त खाता है, रात को सोता है, इतना ही काफ़ी है।

जबकि प्रवासजीवन के मन की गहराइयों में एक अनबुझी प्यास है, इच्छाओं की प्यास। मन कहता है, सोचें, सुमू मेरा है। जी चाहता है कि सुमू कभी-कभार आकर उनके कमरे में बैठे, उनसे बात करे। वह उनके चहरे की ओर देखें, उनके शरीर की महक को सूँघें।

सबसे छोटा ये बेटा, लम्बा भले ही बाप-भाई-सा हो गया है, चेहरा हू-ब-हू माँ जैसा है। चेहरे की बनावट, ठोढ़ी और बात करते समय आँखों के कोनों का थोड़ा सिकुड़ना और हँसने पर गालों में गड्ढे पड़ना बिल्कुल प्रनति जैसा। हँसते सुनो तो लगता है, प्रनति ही हँस रही है।

पर हँसने-देखने का मौक़ा ही कब मिलता है प्रवासजीवन को ! सुनते हैं कभी-कभी हँसने की आवाज़ सुनाई पड़ जाती है। यूँ भी गम्भीर प्रकृति का तो है नहीं न ! लेकिन हँसना बोलना सब कुछ भतीजे-भतीजी के साथ ही होता है। घर पर जितनी देर रहता है, बच्चों के साथ रहता है। बच्चे पुकारते हैं चाचाई।

हाँ, चाचा नहीं चाचाई।

प्रनति थीं तब।

थीं हर जगह व्याप्त—शरीर और आत्मा की तरह। इसीलिए जब पोती ने पहली बार अपने पिता को 'बापी' पुकारा वह बोल उठी थीं, "अरे 'बापी' नहीं, बापी नहीं—पुकारना है तो 'बाबाई' पुकार। यही सबसे अच्छा नाम है।"

काटुम ने बाबाई पुकारना शुरू किया और छन्द मिलाकर चाचा को भी 'चाचाई' पुकारने लगी।

प्रायः प्रवासजीवन सोचा करते, ये तीनों यहाँ, इस कमरे में भी तो आकर हल्ला मचा सकते हैं।

लेकिन 'ये लोग' ऐसा नहीं करते हैं।

वे अपनी ही परिधि में रहते हैं।

इधर इच्छा होने पर भी प्रवासजीवन अपने चिर अभ्यस्त दायरे से बाहर निकलकर, घर के किसी दूसरे कमरे में आ नहीं पाते हैं। वे चाहें तो जीवन का स्वाद बदलने के लिए इधर आ सकते हैं। परन्तु ऐसा कर कहाँ पाते हैं ! उस पर हार्ट पेशेण्ट हैं, यह मुहर भी उन पर लग चुकी है। इधर आजकल पाँव में बादी का दर्द रहने क्या लगा, कमरे में कैद होकर रह गये हैं।

घर का सबसे ज़्यादा हवादार कमरा है उनका। जब कमरा बन रहा था प्रनति ने ही प्लान से अधिक खिड़कियाँ बढ़वा दी थीं। और जिस ओर बरामदा रहने की कोई बात नहीं थी उधर 'ब्रैकेट बॉल्कनी' बनवाकर मानी थीं।

उस समय प्रवासजीवन ने कहा था, "अगर सारी दीवाल खिड़की, दरवाज़े ही खा लेंगे तो अलमारी, किताबों की रैक कहाँ रखोगी ?"

"मेरे सिर पर।" कहकर हँसने लगी थीं।

कब की बात है ये ? तब शायद दीबू क्लास टेन में पढ़ता था और सुमू क्लास फोर में।

गृहिणी होकर भी गम्भीर नहीं हो सकी थीं। हँसने का रोग था उन्हें।

ओफ़ ! आज अगर प्रनति होतीं तो इस साधारण-सी चिट्ठी के मसले को लेकर प्रवासजीवन को इतना सोचना पड़ता ?

शॉल कन्धे से झटककर उतार दिया था। खिड़की से ठण्डी हवा का झोंका आ रहा था लेकिन बुरा नहीं लगा। चिट्ठी का कोना मेज़ पर हल्के हाथ से ठोंकने लगे अनमने होकर। फट से ये बात कैसे बतायी जाये ?

चैताली कमरे में आयी।

पीछे भूषण। भूषण के हाथ में स्टेन्लेस स्टील की ट्रे उस पर प्रवासजीवन की चाय, थोड़ा छेना और दो क्रीम क्रैकर बिस्कुट।

ट्रे सामने रखकर भूषण चला गया। चैताली पास रखी बेंत की कुर्सी पर बैठी। बेहद 'ड्यूटी' के प्रति सचेत लड़की है चैताली। जब से प्रवासजीवन को कमरे में चाय-नाश्ता करने के लिए डॉक्टर ने कहा है तब से सुबह-शाम वह भूषण के साथ आती है। खाना समाप्त होने तक वहीं बैठी रहती है।

वास्तव में कहना पड़ेगा कि चैताली ही प्रवासजीवन और इस गृहस्थी के मध्य सेतु का काम कर रही है।

इस समय चैताली से उनकी छिटपुट बातें होती हैं। उन्हीं बातों के माध्यम से घर की घटनाओं से अवगत हो लेते हैं।

परन्तु लंच और डिनर वे यहाँ बैठकर खाने को तैयार नहीं।

वैसे भी अब पहले की तरह डाइनिंग रूम निचली मंज़िल में है कहाँ ? प्रनति के जाने के कुछ दिनों बाद ही प्रनति का इतने अरमानों का 'खाने का कमरा' खाली करके मेज़, कुर्सी, फ्रिज़, साइड बोर्ड वगैरह लाकर ऊपरवाले हॉल को, डाइनिंग रूम में बदल दिया गया। बल्कि बीच से एक हल्का पार्टीशन लगाकर एक तरफ ड्राइंगरूम भी बना लिया है। बार-बार कौन ऊपर-नीचे करेगा। बच्चे भी तो जाना नहीं चाहते हैं। कैसा खाली-खाली लगता है नीचे। आश्चर्य लगता है, अकेली प्रनति ही सारे घर में जान फूँके रहती थीं।

उन दिनों घर में हर समय लोग बोला करते थे। गृहिणी तो अकेली ही सौ के

बराबर थी। हर कोई ज़ोर से बोलता था। दबी आवाज़ में बोलना तो कोई जानता ही नहीं था। अब सब बदल गया है।

तेज़ और ऊँची आवाज़ में कोई नहीं बोलता है।

धीरे बोलो, धीरे हँसो।

जो कुछ शोर मचता वह दूरदर्शन के पर्दे पर। वह भी गला फाड़कर गाता, उसी में शोर मचाकर नाचा जाता।

जहाँ हर कोई धीरे बोलते, धीरे चलते, दबी आवाज़ में बोलते वहाँ प्रवासजीवन अपने निजी स्टाइल में गला फाड़कर पुकार न पाते—'भू''षण !' अथवा —'दे''बू !'

हाँ वे लोग हैं।

बालक देबू के होठों के ऊपर अब बारीक मूँछों की रेखा उभर आयी है और युवक भूषण थोड़ा और जवान हो गया है। अब तो वे लोग भी घर की धारा के मुताबिक बह रहे हैं। भूषण अब सोच ही नहीं सकता है कि खाना पकाते-पकाते वह एकाएक हिन्दी सिनेमा के गाने की एक लाइन गा सकता है।

चैताली बोली, "दोपहर में थोड़ा रेस्ट किया था न पिताजी ?"

प्रवासजीवन हँस पड़े, "रेस्ट तो हर समय ही करता हूँ, बेटी।"

"वाह ! यह कैसे कह रहे हैं ? किसी-किसी दिन तो आप दोपहर भर किताब पढ़ा करते हैं।"

प्रवासजीवन जानते हैं, बात करने के लिए ही यह सब कह रही है। इस लड़की में सौजन्यता का ज्ञान बहुत है।

वे भी उस वातावरण को बनाये रखकर मुस्करा देते हैं, "वह तो कभी कोई किताब जब बहुत अच्छी लगती है तब।"

इसके बाद ही प्लान मुताबिक झट से चिट्ठी उठाकर चैताली की ओर बढ़ाकर कौतुकपूर्ण स्वरों में बोल उठे, "तुम्हारी गृहस्थी में तो एक और मेम्बर बढ़ गया। देखो पढ़कर !"

चैताली की भौंहें ज़रा-सी सिकुड़ीं क्या ? शायद''' । पत्र हाथ में लेते हुए बोली, "यह पत्र तो आपके नाम है।"

"अरे नाम तो मेरा ही होगा परन्तु भार तो तुम पर भा पड़ेगा।"

तह खोलकर चैताली ने पत्र पढ़ा। उसके बाद चुपचाप फिर से तह करके छेने की प्लेट के पास मेज पर रख दिया। उसके हावभाव से किसी तरह का कुछ अनुमान लगा पाना सम्भव नहीं था।

प्रवासजीवन बड़े अप्रतिभ हुए। सोचा था कुछ ज़रूर कहेगी। नहीं तो एक आध सवाल पूछेगी। यह भी तो पूछ सकती थी, "यह लाबू कौन है ?"

यूँ पहचान लेने की बात भी नहीं है। शादी के वक़्त देखा होगा। लेकिन उस समय देखा चेहरा कहाँ याद रहता है ! नयी बहू कों तो न जाने कितने चहरे देखने

को मिलते हैं।

अप्रतिभ प्रवासजीवन ने छेने की प्लेट ज़रा आगे खींच, गला साफ़ कर बड़े ही सहज ढंग से कहा, "लाबू कौन है पहचान पायी ? मेरी बुआ की लड़की। तुम्हारी शादी के वक़्त आयी थी। तुम्हारी सास से तो उसकी बहुत दोस्ती थी। कम उम्र में विधवा हुई है। अगर कहा जाये कि यहीं पली-बड़ी है तो उसमें दोष नहीं होगा। दादी ज़्यादातर बीमार रहती थीं इसीलिए बुआजी भी अक्सर यहीं रहती थीं।"

चैताली ने केवल 'हूँ' कहा।

इकट्ठा इतनी सारी बातें करने के बाद प्रवासजीवन ने 'हूँ' सुना तो उनका साहस बढ़ गया। बोले, "बेवक़्त बेचारी के पति का देहान्त हो जाने से···पढ़ा तो तुमने ? जान तो गयी हो सब !"

हाँ पढ़कर जान तो गयी ही है।

एक ही नज़र में पढ़कर समझ लिया है।

लाबू के पत्र का सारांश ही था—भगवान की कृपा से (जीवन भर भगवान की निर्दयता देख-देखकर भी न जाने कैसे लोग भगवान की दया पर मोहित हो जाते हैं।) उसके बड़े लड़के को बी. ए. पास करते ही कलकत्ते में एक नौकरी मिली है। हालाँकि केवल बी. ए. ही पास किया है। ख़ैर, उसे नौकरी तो मिली है। पर अब समस्या है हर रोज़ हुगली से डेली पैसेंजरी करना। आज के इस गड़बड़ माहौल में बड़ा ही मुश्किल है बल्कि असुविधाजनक भी। अक्सर ही तो ट्रेनें ठप्प होकर खड़ी रहती हैं। उस पर कलकत्ते के मेस में रहकर अपना खर्च चलाते हुए माँ को घर पर रुपया भेजना भी तो असम्भव है। फिर एक अच्छे-भले घर के लड़कों के रहने योग्य मेस में सीट मिलना भी तो कम कठिन नहीं। इसीलिए वह अपने बेटे को प्रवासदा के पास भेज रही है। उनके पास रहकर दफ़्तर आना-जाना करेगा तो अनेकों समस्याओं का समाधान खुद-ब-खुद हो जायेगा।

प्रवासदा के घर में रहने की जगह का अभाव भी नहीं है। लाबू तो देख गयी है, कितने कमरे हैं। रही खर्च की बात ? वह लाबू अपने प्रवासदा को लिखकर शर्मिन्दा करना नहीं चाहती है। लड़का खुद समझदार है···कम खर्चे में वह काम चला लेगा।

जवाब पाने का 'समय' है नहीं···अतएव वह अगले सोमवार को ही जा रहा है उसी दिन उसकी ज्वाइनिंग डेट है।

लाबू ने और लिखा है—"बुद्धू लड़का अमीर मामा के यहाँ जाने से डर रहा है इसीलिए सस्ते मेस के लिए बार-बार ज़िद कर रहा है। मैंने भरोसा दिलाया है—आदमी अमीर 'दूसरे अर्थ' से होता है। तुम जाओगे तो खुद देख लोगे प्रवास मामा ऐसे नहीं हैं।"

लाबू लिखती साफ़ और स्पष्ट अक्षरों में है। पढ़ने में दिक़्क़त नहीं होती है।

पत्र की भाषा में जो दाँव-पेंच था उसे पढ़कर चैताली मन-ही-मन हँसी—

कड़ुआहटपूर्ण तिरछी हँसी। लेकिन उसके चेहरे पर एक लक़ीर तक नहीं खिंची।

प्रवासजीवन के इतना कुछ कहने के बाद भी, चैताली ने, बिना किसी टिप्पणी के हमेशा की तरह पूछा, "आज रात को रोटी ही खाएँगे न पिताजी ?"

हाँ, उस दिन के बाद से यह प्रश्न चैताली हमेशा करती है। न जाने कब की बात है, एक दिन प्रवासजीवन कह बैठे थे, "आज रोटी खाने की इच्छा नहीं हो रही है, दो टुकड़े टोस्ट खाने की बात सोच रहा हूँ।"

उसी दिन से।

प्रश्न की आकस्मिकता से हड़बड़ाकर बोले, "हाँ, हाँ।"

चैताली चली गयी।

प्रवासजीवन सोचने लगे—ये लोग कितनी आसानी से मनुष्य की सत्ता को झुठला सकते हैं।

मनुष्य ! अब क्या ऐसा कहना ठीक होगा ?

प्रवासजीवन ने अपने पिछले जीवन के 'एल्बम' को खोलकर देखने का प्रयास किया। घर के प्रधान तो थे ही।

हालाँकि बात-बात पर प्रनति कहती थी, 'तुम चुप तो रहो जी। हर बात में नाक डालने की कोशिश मत करो।' परन्तु इससे क्या उनके 'प्रधान' होने में कोई बाधा पहुँचती थी ? अपनी इच्छापूर्ति के लिए उन्हें क्या किसी के आगे अर्जी पेश करनी पड़ती थी ? या कि अपने को अनधिकारी अनधिकारी-सा लगता था ?

अब तो हर क़दम पर, हर मामले में अपने को अधिकाररहित-सा पाते हैं। पता नहीं क्यों साहस खो बैठे हैं !

प्रनति ही क्या उनके भरोसे की खूँटी थी ?

उनकी निगाहें एल्बम के पुराने-पुराने पृष्ठों पर बार-बार ठहरने लगीं।

उनके अपनी तरफ़ के जो भी रिश्तेदार थे उनके बारे में प्रवासजीवन ने क्या कभी सोचा था ? वरन् प्रनति की त्रुटिहीन व्यवस्था पर मोहित ही होते थे। बल्कि कभी-कभी तो वे शिकायत ही कर बैठते थे, "तुम हर बात में अति करती हो। पिंटू की लड़की की शादी में इतनी महँगी साड़ी देने की क्या ज़रूरत थी ?"

प्रनति तुरन्त कहतीं, "वाह, पिंटू तुम्हारा रिश्ते का चचेरा भाई है। रद्दी साड़ी देना क्या ठीक लगता ?" और इसी लाबू के मामले में···

अच्छा, लाबू का यह लड़का, जो नौकरी करने आ रहा है, क्या उम्र होगी उसकी ? लगता है उस दिन की तो बात है जब इसके अन्नप्राशन की दावत खाने वे और प्रनति उनके हुगली वाले घर में गये थे। तब लाबू के सास-ससुर भी जीवित थे।

उस समय प्रनति अपने साथ कितना सामान ले गयी थीं। बच्चे के लिए सिल्क की चेली, चाँदी की क़टोरी, सिल्क का नन्हा-सा कुर्ता···उसमें इतने छोटे-छोटे सोने के बटन···इसके अलावा मिठाई फल तो था ही।

प्रवासजीवन को देखकर ख़ुशी ही हुई थी फिर भी बोले थे, "क्या इतना दिया जाता है ?"

प्रनति झिड़ककर बोली थीं 'वाह ! नहीं दोगे क्या ? तुम मामा हो कि नहीं ? मामा के यहाँ से ही खीर-चटाई का सामान जाता है।"

उसके बाद सोचा था, अच्छा हुआ प्रनति ने सब कुछ मन से कर दिया था। दोबारा तो लाबू बेचारी के बच्चा हुआ नहीं। असमय में विधवा हो गयी। इसीलिए प्रनति भी उससे सहानुभूति रखती थी। अपने बड़े बेटे की शादी के वक़्त लाबू को जबरदस्ती ले आयी थी प्रनति।

एकाएक लगा आज अगर प्रनति ज़िन्दा होती ! सुनकर ज़रूर कह बैठती, "ओ माँ ! देखो ज़रा। एक लड़का ही तो है...यहाँ रहेगा इसमें असुविधा का प्रश्न ही कहाँ उठता है ? लाबू ननदजी ने इतना हिचकते हुए क्यों लिखा है बाबा ? गाँव के लड़के कलकत्ते में रहनेवाले रिश्तेदारों के यहाँ रहकर पढ़ते हैं, कामकाज करते हैं। अरे, दूर के रिश्तेदार आकर रह जाते हैं, उसका तो यह मामा का घर है।"

फिर खुली खिड़की से आयी तेज हवा से सारा शरीर सिहर उठा। उतरा शॉल उठाकर फिर ओढ़ लिया।

थोड़ी देर बाद दीबू कमरे में आया। बड़ा बेटा दिव्यजीवन। यही तो प्रवासजीवन की आकांक्षा है। लड़के आयें, उनके कमरे में आकर बैठें। परन्तु आज उसके आते ही समझ गये कि उसका यह आना बाप के पास बैठने के लिए नहीं हुआ है। बात सच ही निकली।

दिव्य बिना किसी भूमिका के बोल उठा, "सुना लाबू बुआ का लड़का यहाँ रहना चाहता है ?"

प्रवासजीवन कुछ हिलडुलकर बैठे, ज़रा-सा हँसे, बोले, "लड़का नहीं चाहता है। लड़के की माँ चाहती है। ये लो न चिट्ठी पढ़कर देखो।"

"देखने की ज़रूरत नहीं है। लेकिन मेरे विचार से यह उनकी माँग अन्यायपूर्ण है।"

"अन्यायपूर्ण माँग ?"

"अवश्य ! आजकल के ज़माने में एक बाहरी लड़के को घर में रखना बहुत रिस्की है।"

प्रवासजीवन आहत स्वरों में बोले, "लाबू का लड़का बाहरी है ?"

"मैं तो ऐसा ही समझता हूँ। तुम्हारी फुफेरी बहन का लड़का।"

प्रवासजीवन को समझने में कुछ समय लग गया। ओह ! लड़का प्रवासजीवन

का भांजा नहीं–उनकी फुफेरी वहन का लड़का है–इन लोगों के बाप की फुफेरी बहन का लड़का।

सहसा गुस्सा आ गया। इस तरह से कहने का अर्थ क्या हुआ घर क्या इनका है ?

प्रवासजीवन की जीवनभर की कमाई से तैयार नहीं हुआ है यह घर, यह गृहस्थी, यह सारी साजसज्जा, फर्नीचर ? यहाँ तक कि एक-एक कील, तक उनकी ही कमाई के पैसे से आया था। प्रनति के अथक प्रयास, जतन, स्वप्न इस मकान की हर ईंट के जोड़ों में नहीं समाये हुए हैं। क्या यहाँ प्रवासजीवन अपने एक स्नेही आत्मीय को ज़रा-सी जगह नहीं दे सकते हैं ?

सभ्यता, सौजन्यता, कर्तव्य, किसी चीज़ का ज्ञान नहीं ? क्या सेण्टीमेण्ट नाम की चीज़ भी इन लोगों में नहीं है ? मैं पूछता हूँ मेरे पेन्शन के रुपयों से घर का एक बड़ा खर्च नहीं पूरा होता है ? हमेशा की तरह भूषण और देबू की तनख्वाह से आज भी अपने हाथ से देते हैं। हो सकता है इसीलिए आज तक वे टिके हुए हैं वरना फालतू कहकर उन्हें भी कब का निकाल चुकी होती घर की वर्तमान गृहिणी।

वे जानते हैं उन दोनों पर खूब सख़्ती बरती जाती है।

कभी-कभार एकान्त में दो बातें करने का अवसर पा जाते हैं तो दबी जुबान में धीरे से कह ही डालते हैं, "जब तक आप हैं हम लोग तभी तक यहाँ रहेंगे, बाबूजी। उसके बाद एक दिन भी नहीं।"

प्रवासजीवन कहते, "अच्छा बाबा अच्छा–अब चुप हो जाओ।"

आँखों के सामने तो देख रहे थे प्रवासजीवन कि इस युग के न्याय-अन्याय के मापदण्ड और उनके समय के मापदण्ड में बहुत फ़र्क है। फिर भी साहस जुटाकर न्याय के पक्ष में कुछ बोल नहीं पाते हैं।

अन्याय तो हो ही रहा है।

इस युग में 'नौकर' नहीं कहा जाता है। ऐसा कहना अमानवीय है। इसीलिए कहा जाता है 'काम करनेवाला'–इसीलिए उन्हें काम करने का यन्त्र समझा जाता है। उनके पास हृदय है, सुख-दुःख का बोध उनमें भी है, मान-अभिमान वे भी कर सकते हैं।

इन बातों का ख़्याल कोई नहीं करता है।

उनके अभिमान को उनका दुस्साहस समझा जाता है। बदमाशी कही जाती है।

रह-रहकर उत्तेजित दिव्य आकर प्रवासजीवन को उनके लाड़लों की शिकायत सुना जाता है। वह उन्हें परोक्ष रूप से समझा जाता है कि ये काम करनेवाले उन्हीं के सिर चढ़ाने के कारण इतना बिगड़ गये हैं।

हाँ, दिव्य ही आकर ये सब सुना जाता है। चैताली के मुँह से तो आवाज़ तक नहीं निकलती है।

ख़ैर, प्रवासजीवन तो दृढ़तापूर्वक इस समय न्याय का पक्ष नहीं ले सके ? इन लोगों के विरुद्ध ? बाप रे ! डर के मारे जान निकली रहती है।

बोल उठते, "ओह ! जितने पुराने हो रहे हैं उतने ही सिर पर चढ़ते जा रहे हैं। छुड़ा दो···पता चल जायेगा कि कितने सुख की नौकरी कर रहे थे।"

यह कहते न बना—"यह तो तुम लोगों के जबरदस्ती है···"

यह भी न कह सके—'मैं तो थक चुका हूँ तुम लोगों की शिकायत सुनते-सनते··· निकाल दो न···न रखना चाहो, निकाल दो।'

हिम्मत नहीं होती है।

जानते हैं इससे आग भड़क उठेगी।

आज के ज़माने में काम का आदमी पाना तो भगवान पाने के समान है। ये दोनों चले गये तो चैताली को बड़ी तकलीफ़ होगी। तब शायद प्रवासजीवन को ही सुनना पड़ेगा—उन्होंने जानबूझ कर ही नौकरों को निकाल दिया है जिससे चैताली को असुविधा का सामना करना पड़े।

डर ! न जाने क्यों सर्वदा ऐसे भय के बीच उन्हें रहना पड़ता है यह वह स्वयं नहीं जानते हैं।

अच्छा प्रनति के समय में प्रवासजीवन क्या इसी तरह भयभीत रहा करते थे ?

अब क्यों इतना डरते हैं ? क्यों अधिकारहीनता प्रकट करते हैं ? क्यों न्याय का पक्ष नहीं ले पाते हैं ?

इसीलिए वे कह न सके, "लाबू ने शायद इस दृष्टिकोण से सोचा ही नहीं था, दिव्य। सोचा होगा, मकान उसके प्रवास भाई का है। कमरों की भी कमी नही है।"

ऐसा न कह सके।

केवल बोले, "वैसे घर में, माने निचली मंज़िल में दो-दो कमरे तो खाली ही पड़े हैं। वहीं रखा जा सकता है।"

होठ चबाते हुए दिव्य बोला, "जानता हूँ। दो कमरे खाली और बेकार पड़े हैं और यह भी जानता हूँ कि इससे बड़ी बेवकूफ़ी और क्या हो सकती है। टेनेण्ट रखा होता तो मोटी रक़म घर आती।"

'होता' लेकिन हुआ नहीं।

खाने की मेज़, अलमारियाँ वगैरह ऊपर ले जाने के बाद बड़े बेटे ने कहा था दो कमरों को किराये पर उठाने के लिए।

लेकिन यहीं प्रवासजीवन समर्थन न कर सके। शायद पहलेवाली 'शक्ति' के बल पर। बोल उठे थे, "मेरे जीते जी ऐसा नहीं होगा बेटा !" तुम्हारीं माँ कहती थीं, 'अभाव हुआ तो एक वक़्त खाना खाएँगे पर इस घर में किरायेदार कभी न घुसाना।'

लड़के-बहू के विचार से यह एक युक्तिहीन सेण्टीमेण्ट है। न जाने लोग क्या-क्या कहते हैं ? क्या उन सभी बातों को मान लेना चाहिए ?

फिर भी···यह बात मानी जा रही है।

प्रवासजीवन बोले, "ख़ैर जब किराये पर उठाया नहीं गया है तब कोई चिन्ता की बात नहीं है। वहीं एक तख़्त डाल···"

दिव्य तीखी आवाज़ में बोल उठा, "समस्या क्या बस सोने भर की है ?"

"अरे, मैं क्या यही कह रहा हूँ बेटा ? पर पाँच आदमी जहाँ रहते हैं वहाँ एक आदमी के बढ़ जाने से विशेष फ़र्क़···"

"पड़ता है फ़र्क़···बहुत पड़ता है।" और तीक्ष्ण हुआ स्वर।

"आजकल के बाज़ार भाव से आप परिचित नहीं हैं। इसके अलावा क्या खर्च ही सब कुछ है ? एक ज़्यादा आदमी की ज़िम्मेदारी भी तो कुछ होगी ! कौन उस ज़िम्मेदारी को उठाएगा ? चैताली ही न ?"

फिर भी बोले, "अरे ऐसी भी क्या ज़िम्मेदारी ? भूषण है, देबू है···"

"हुँ, भूषण ! देबू ! इन पाजियों का तो एक दोस्त बढ़ेगा। क्या आप गारण्टी दे सकते हैं कि एक उस उम्र का लड़का पार्टी-पॉलिटिक्स से जुड़ा है या नहीं ? घर में धीरे-धीरे दूसरी हवा न बहेगी इसकी ज़िम्मेदारी कौन लेगा ? ···पर हाँ, यह आपका घर है। जिसे मर्जी उसे रखने का आपको राइट है। तब हमें ही सोचना पड़ जायेगा।"

प्रवासजीवन के सिर पर क्या किसी ने हथौड़े से चोट पहुँचायी ?

वरना उनकी आँखों के आगे अँधेरा क्यों छा गया ?

लेकिन सँभालना तो होगा ही।

अतएव सँभले।

एकदम भयभीत होकर वैसी ही आवाज़ में बोले, "ओ बा···बा ! तू क्या कह रहा हैरे ! मैंने तो इतनी दूर तक की बात सोची भी नहीं थी। सुना है आजकल गाँव के लड़के ही ज़्यादा पॉलिटिक्स करते हैं। ···रहने दो। ज़रूरत नहीं है रिश्तेदारी निभाने की।···कुछ भी समझा दूँगा।"

लाबू को चैन नहीं पड़ रहा है। भीतर-बाहर कर रही थी।

न जाने अरुण कितनी देर में लौटेगा।

हाँ, आज घर लौटने की बात है। पहले दिन दफ़्तर में काम करके मामा के यहाँ जायेगा। देख-सुनकर आयेगा। और कल दफ़्तर जाते समय ही सूटकेस वगैरह लेकर चला जायेगा। कल से फिर कलकत्तावासी हो जायेगा।

आज वह बैठी हैं लड़के से दो तरह की अनुभव-गाथा सुनने के लिए—दफ़्तर की और मामा के घर की।

हाय-हाय ! आज अगर भाभी ज़िन्दा होतीं ?

क्या पता कह बैठती—"तू वहाँ अकेली क्यों पड़ी रहेगी ? तू भी यहीं चली आ।"

शाम तो कब की बीत गयी—काफ़ी रात हो गयी है।

अब गाँवों का वह पहले जैसा रूप कहाँ रह गया है ? फिर भी जहाँ गाँवों पर शाम उतरती है, चाँदनी अपनी रेशमी चादर फैला देती है, कैसी एक सम्मोहनी-सी छा जाती है गाँव पर।

दरवाज़े की कुण्डी खटकते ही लाबू दौड़ गयी।

सबसे पहला प्रश्न था, "क्यों रे ! दफ़्तर कैसा लगा ?"

"दफ़्तर का कैसा होना न होना क्या ? एक लोअर डिवीज़न क्लर्क को जैसा लगना चाहिए वैसा ही।"

लाबू बोली, "अच्छा, मुँह-हाथ धोकर चाय पी, नाश्ता कर···उसके बाद मामा के यहाँ के किस्से सुनूँगी।"

अरुण हँस पड़ा। बोला, "मामा के यहाँ के किस्से ? था तो कुछ पन्द्रह मिनट ! उसमें कितने किस्से होते ?"

"अरे ! क्या कह रहा है? कुल पन्द्रह मिनट ही ठहरा तू ?"

"वाह ! छह चालीस की ट्रेन नहीं पकड़नी थी ?"

"हाँ, यह तो मैं भूल ही गयी थी। ख़ैर आ···यहाँ आ जा··· उतना ही बता। मामा क्या बोले, ममेरे बड़े भाइयों ने क्या कहा ? और भाभी ?···आहा···आज अगर तेरी मामी ज़िन्दा होती !···"

लाबू के हृदय के स्मृति-समुद्र में ऊँची-ऊँची लहरें उठने लगीं। इसी के साथ हृदय रो रहा था···कल से अरुण के लिए कुछ भी नहीं करना पड़ेगा। वही शनिवार शाम को आयेगा और इतवार को पूरा दिन मिल सकेगा। मन-ही-मन लाबू ने सोच लिया है सोमवार को खिला-पिलाकर ही लड़के को सीधे दफ़्तर भेज देगी। वहाँ से शाम को वह मामा के यहाँ चला जायेगा।

साधारण-सी बुद्धि···इसीलिए सीधा-सादा हल।

आज लाबू ने बेटे की पसन्द की कुछ खाने की चीज़ें बनायी थीं। ज़्यादा कुछ क्या बनाती···भण्डार तो रिक्त हुआ जा रहा था।

पोस्ते के पकौड़े खाने का शौक़ीन है लेकिन वह भी अब बजट के बाहर हो गया है। आकाशचुम्बी क़ीमत हो गयी है इसी पोस्ते की।

फिर भी आज नाश्ते में चाय के साथ खाने के लिए तिल के लड्डू बनाये थे। उसी के साथ बनाये थे पोस्ते के पकौड़े। रात के लिए रोटी के स्थान पर पराँठे बनाये थे। बनिये की दुकान पर उधार हो गया। अरुण को तनख्वाह मिलेगी तो चुका देगी।

लाबू बेटे के लिए चाय ले आयी।

लाबू का मन बिदाई की बाँसुरी की धुन सुन रहा था।

पर अरुण नहीं।

उसने पोस्ते का पकौड़ा उठाकर मुँह में भरते हुए कहा, "फर्स्ट क्लास ! इसे छोड़कर कहीं और जाकर कोई रहता है ? असम्भव।"

लाबू ने सोचा—यूँ ही कह रहा है। उदास हँसी हँसकर बोली, "अच्छा बना है ?"

"परफेक्ट।"

उठाकर चाय पीने लगा।

उसके बाद बोला, "ओफ़, ट्रेन में कितनी भीड़ ! हज़ारों-हज़ारों लोग डेली पैसेंजरी करते हैं, माँ। 'चिउड़े जैसा चपटा हो जाना' कहावत शायद इसी को देखकर कही गयी थी।"

माँ धीरे से बोली, "वही तो। रोज़ जान हथेली पर रखकर आना-जाना···तभी तो ···"

अरुण ने तिल का लड्डू उठाकर उस पर दाँत जमाये, "मैंने सोचकर देखा जब इतने लोग आ-जा सकते हैं तो मुझसे क्यों नहीं हो सकेगा ?"

"इसके मतलब ?" चौंककर लाबू ने तीखी आवाज़ में पूछा।

अरुण बोला, "मतलब ये कि माँ को इस तरह से अकेला छोड़कर मामा के घर का दुलार लूटने जाना, कोई अच्छी बात नहीं। सबों की तरह यही डेली पैसेंजरी करूँगा ···देखूँ, कर पाता हूँ या नहीं।"

"अरुण, बच्चों-जैसी बात मत कर, बेटा। जब सुविधा है तब क्यों तकलीफ़ करेगा ? बेटा, मेरी बात मत सोच। हर हफ़्ते तो आयेगा ही। यह बता तेरे मामा कैसे हैं ?"

"खूब अच्छे।"

"क्या बोले ?"

"कुछ नहीं।"

"नहीं, माने मेरे बारे में कुछ पूछ···"

"अरे बाप रे ! वही तो मुख्य विषय था। तेरी माँ अभी भी पहले जैसी दुबली है क्या ? खूब बुढ़िया लगती है क्या ? आज भी उसी तरह बातें करती है या नहीं ?···"

सुनकर लाबू बहुत खुश हुई।

फिर बोली, "देख, मैंने कहा था न ! ···तेरे बड़े भाई लोग मिले कि नहीं ?"

"भइया लोग···नहीं तो !"

"घर पर न होंगे शायद ! भाभी तो थी न ?"

"नहीं। और किसी को तो नहीं देखा। सिर्फ़ भूषण या ऐसा ही कुछ नाम था, एक कोई आकर चाय दे गया था।"

"भूषण ! अरे वाह, वह आज भी है ? मामी के समय का आदमी है। पर घर के सारे लोग गये कहाँ ? सिनेमा-विनेमा क्या ? ख़ैर, तू मामा से कह आया है न कि कल एकदम सामान के साथ…"

कहते-कहते वह चुप हो गयी। मुँह फेरकर दूसरी तरफ़ देखने लगी। गला खँखार कर साफ़ किया।

और उसके कुछ बोलने से पहले अरुण ही बोल उठा, "मेरे कुछ कहने से पहले उन्हीं ने तो कहा। ख़ैर मैंने तो कह दिया, 'माँ ने लिखा ज़रूर है लेकिन अब मैंने सोचकर देखा कि माँ को उस तरह से अकेला छोड़कर मेरा यहाँ आना ठीक नहीं।' "

लेकिन क्या सचमुच अरुण ने प्रवासजीवन नामक उस व्यक्ति से यही कहा था ? माँ से कभी झूठ नहीं बोला था अरुण। आज बोला। न बोलता तो करता क्या ? कैसे कहता कि घर में और सभी लोग थे, माँ। मुझे देखकर नौकर के साथ सीधे मालिक के पास पहुँचा दिया। वही नौकर थोड़ी देर बाद चाय और फ्रिज़ में रखा ठण्डा, कड़ा-कड़ा दो 'सन्देश' रख गया। और मालिक ? मालिक ने मरी-मरी आवाज़ में माँ के बारे में दो-एक बातें पूछने-कहने के बाद ही गले की आवाज़ दबाते हुए फुसफुसाकर कहा था, "बुरा मत मानना, बेटा। मुझे लग रहा है तुझे यहाँ रहने पर कुछ खास सुविधा न होगी। तू एक साधारण-सा मेस देख ले…उसका खर्च मैं दे दिया करूँगा।" कहते-कहते उन्होंने दोनों हाथ पकड़ लिये थे कसकर।

यह बात क्या माँ से कही जा सकती है ?

क्या यह कहा जा सकता है कि मैंने भी उसी तरह दबी आवाज़ में जवाब दिया, "यह सब सोचकर आप अपना मन छोटा मत कीजिए, मामाजी। ठीक है, ठीक है।"

फिर ऊँची आवाज़ में कहा था, "माँ तो मेरे लिए सोच-सोचकर परेशान है। लेकिन मैंने सोचकर देखा है कि माँ को इस तरह से वहाँ अकेले छोड़कर मेरा यहाँ आना उचित नहीं। हज़ारों आदमी तो डेली पैसेंजरी कर रहे हैं।"

यह सब कहा नहीं जा सकता है इसीलिए मन से गढ़कर कहना पड़ा था।

"तू ये कह आया कि माँ को अकेला छोड़ना ठीक नहीं ?"

"हाँ।"

"छिः-छिः ! कैसा बुद्धू लड़का है रे तू ? प्रवासदा के यहाँ रहता तो तुझे कितना आराम हो जाता !"

"छोड़ो आराम को, हर वक़्त तुम्हारी चिन्ता लगी रहती।"

"ओ माँ ! कैसा पागल लड़का है रे ? ये तो तय ही हो गया था कि रात को कन्हाई की माँ आकर मेरे पास सोयेगी और फिर हफ़्ते में दो रात तो तू ही यहाँ रहता।"

"बाकी पाँच रात ?"

"क्या तेरी माँ को भूत खा जाते ?"

"इसमें आश्चर्य की क्या बात है ? कुल एक ही तो माँ है मेरी। रिस्क लेना क्या ठीक होता ?"

सहसा लाबू की आँखें भर आयीं। जबरदस्ती वह खिलखिलाकर हँस उठी, "आहा रे ! लोगों की तो ढेर-ढेर सारी माँयें रहती हैं, तेरी ही कुल एक माँ है।"

इतनी भावुक वह है नहीं कि लड़के को खींचकर गले से लगा लेती। इसीलिए लड़के की नज़र बचाकर आँख पोंछते हुए बोली, "तू तो मूर्खों का राजा है। अमीर मामा के यहाँ बढ़िया-बढ़िया पकवान खाता, तेरा स्वास्थ्य सुधर जाता···फिर लोकल ट्रेन की भीड़ के धक्के न खाने पड़ते।"

अरुण ज़ोर से हँसने लगा। बोला, "बुद्धू माँ का बेटा बुद्धू नहीं तो क्या चालाक होगा श्रीमती लावण्यलेखा देवी ? तुम्हारे हाथ के बने पोस्ते के पकौड़ों से क्या ज़्यादा स्वादिष्ट होते अमीरों के पकवान ?"

सुनकर लावण्यलेखा नामक चिरवंचिता, चिरदुखी महिला का मन सुख से लबालब भर उठा। और वही सुख आँखों के रास्ते बहकर बाहर आने के लिए व्याकुल होने लगा।

और देर रात को—

जब खाने-पीने के बाद अरुण अपनी शय्या पर लेट गया तब अपने कमरे में, बिस्तर पर बैठकर सोचने लगी, 'सच, कितनी बुद्धू है वह ! बुद्धिहीनता के परिणाम-स्वरूप कितना कुछ खो देनेवाली थी।'

"कहाँ ! तुम्हारे नये गेस्ट का क्या हुआ ? दिखाई तो नहीं पड़ रहा है ?" प्रवासजीवन के कमरे में आकर सौम्यजीवन ने पूछा।

दिव्य पिता को 'आप' कहता है लेकिन सौम्य नहीं। बचपन से ही कहता था, "धत्, पिताजी को कोई आप कहता है ? किसी दूसरे के घर के आदमी हैं क्या ? फिर तो माँ को भी आप कहना चाहिए।"

यूँ स्वयं दूसरे घर के लोगों की तरह दूर दुर्लभ हो जाने पर भी सम्बोधन 'निकट' का ही है।

इस कमरे में अचानक ऐसे आता ही कब है सौम्य ?

प्रवासजीवन भी आजकल हर बात पर हड़बड़ा उठते हैं। यही आजकल उनकी बीमारी है। शायद हर समय अतीत में खोये रहने के कारण अन्यमनस्क रहते हैं।

इसीलिए हड़बड़ाकर पूछ बैठे, "नया गेस्ट ?"

"वाह ! सुना था न कि कोई यहाँ आकर रहेगा और यहीं से दफ़्तर आना-जाना करेगा।"

"ओ ! वह तेरी लाबू बुआ का लड़का। हाँ, लाबू ने चिट्ठी में ऐसा ही कुछ लिखा तो था। पर लड़के ने आकर भेंट करने के बाद कहा, माँ को हुगली में अकेला छोड़कर कलकत्ते में रहने का मन नहीं कर रहा है।"

"लेहलुआ।" सौम्य बोला, "जबरदस्त बहस होते सुनकर मैंने सोचा आ ही गया है। मुझे तो लगा था अच्छा ही हुआ। सुना है भांजे मामा को प्रिय होते हैं···तुम्हें एक बात करनेवाला मिलता।"

धीरे से पूछा प्रवासजीवन ने, "तू मेरे बारे में इतनी बातें सोचता है ?"

सिर खुजलाते हुए कुछ हँसकर सौम्य बोला, "ठीक सोचता हूँ कहना ठीक न होगा लेकिन सुनकर लगा ज़रूर था। सोचा था तुम्हारे कमरे के उस डीवान पर महात्मा के सोने की व्यवस्था कर दी गयी तो मामा भांजे मौज़ से बातें कर सकोगे। हम लोग तो किसी काम आते नहीं हैं।"

प्रवासजीवन ने छोटे बेटे को क्या नये सिरे से देखा ? ज़रा अवाक् होकर देखने लगे। न, जल्दी नहीं मचा रहा है। अपने भाई की तरह 'सर्वदा व्यस्त' वाली मुद्रा का कहीं कोई आभास तक नहीं।

धीरे से दबी आवाज़ में बोले, "रहने के लिए ही आया था। मैंने ही कह दिया, यहाँ तुझे सुविधा नहीं होगी।"

सौम्य ने पिता के चेहरे की ओर देखा।

बोला, "ओह !"

प्रवासजीवन जो कभी नहीं कहते हैं, वही कह बैठे।

बोले, "ज़रा बैठ न।"

हालाँकि सौम्य बैठा नहीं परन्तु उनके पलँग के पास तक चला आया।

गाढ़े स्वरों में प्रवासजीवन बोले, "तू और तुझ जैसे लड़के 'अधिकार' पर बहुत विचार-विमर्श किया करते हैं। यहाँ तक कि अफ्रीका में क्या हो रहा है इस पर भी सोचा करते हैं। ···अच्छा, ज़रा यह तो बता किस अधिकार से वंचित होने पर इन्सान को सबसे अधिक कष्ट होता है ?"

सौम्य बोला, "मैं ठीक से समझा नहीं, तुम किस पॉइण्ट पर बात कर रहे हो ?"

"समझेगा भी नहीं। मेरे विचार में सबसे अधिक दुःखदायी होता है किसी के प्रति स्नेह प्रकट करने का अधिकार खो देना, न्याय-अन्याय की बात न कह सकने का अधिकार खो देना।"

सौम्य पलँग के कोने पर बैठ गया। पिता के चेहरे की ओर देखते हुए बोला, "इस खोने का कारण है निरर्थक भय।"

प्रवासजीवन की इच्छा हुई, बिस्तर पर रखे सौम्य के हाथ पर पल भर के लिए

अपना हाथ रखें। किन्तु अभ्यस्त न होने के कारण ऐसा न कर सके। यह भी हो सकता है केवल अनभ्यस्त ही नहीं भयवश भी ऐसा न कर सके। शायद सौम्य यह सोच बैठे, 'ज़रा-सा प्रश्रय मिला नहीं कि हाथ ही पकड़ लिया।'

हाथ पर हाथ न रख सके। वही हाथ बिस्तर पर फेरते हुए बोले, "शायद तू ही ठीक कह रहा है। परन्तु भय पर विजय प्राप्त करना चाहूँगा तो पल भर में परिवेश बदल जायेगा। गृहस्थी का रूप ही बदल जायेगा। हो सकता है आग भड़क उठे।"

सौम्य हँसने लगा, "यह एक दूसरी तरह का भय है।"

प्रवासजीवन हताश होकर बोले, "जो जग हँसाई की परवाह नहीं करते हैं, उनके साथ बहुत सँभलकर चलना पड़ता है रे सौम्य !"

"हूँ"। सौम्य उठकर खड़ा हो गया।

कमरे में चारों ओर गर्दन घुमाकर देखा।

फिर बाहर चला गया।

•

"क्यों अरुणदा, क्या हुआ ? रोज़ देख रही हूँ सुबह की ट्रेन पकड़ने के लिए भाग रहे हो और रात को घिसटते हुए घर लौटते हो। तुम्हारे कलकत्ता रहने का क्या हुआ ? महाशय तो पकड़ ही में नहीं आते हैं। आज इतबार है इसीलिए···"

अरुण भूल ही चुका है कि 'इतवार' शब्द इतना मनोहारी है। आज सुबह उठते ही जब याद आया इतवार है तब से उसे आकाश का रंग तक बदला हुआ दिखाई देने लगा।

चाय पीते ही घर से निकल पड़ा था।

हालाँकि इस समय धूप काफ़ी तेज़ है।

मिंटू भी इसी धूप में निकली है।

अरुण को लगा मिंटू को पहली बार देख रहा है।

बोला, "मेरे कलकत्ता जाकर न रहने से तुझे कुछ असुविधा हो रही है क्या ?"

"अरे वाह ! होगी क्यों नहीं ? दोनों वक़्त खिड़की के सामने खड़े होकर तुम्हारी गतिविधि पर ध्यान रखने में क्या कम समय बरबाद होता है ?"

"ये बात है ? तो यह हिसाब रखनेवाले की नौकरी तुझे दी किसने, मैं भी तो सुनूँ ?"

"अरे बाप रे, मैं राज़ खोल बैठूँ और मेरी नौकरी चली जाये ! नहीं बाबा नहीं।"

"अच्छा ! तो देख रहा हूँ मेरे बारे में आपकी बड़ी उच्च धारणा है···ख़ैर तेरी परीक्षा होनेवाली है न ? इस तरह से पढ़ाई-लिखाई न करके रास्ते में क्यों मारी-मारी

फिर रही है ?"

"रात-दिन पढ़-पढ़कर किताब रटने से क्या कोई फर्स्ट सेकेण्ड होता है ?"

"बार रे बाप ! एकदम से फर्स्ट सेकेण्ड ! अरे, अच्छी तरह से पढ़ेगी तो अच्छे नम्बर तो मिल सकेंगे।"

"क्या फ़ायदा होगा उससे ?"

"आश्चर्य की बात है, भई पाने में ही तो फ़ायदा है। और ज़्यादा पढ़ने की इच्छा हुई तो…"

उदास होकर मिंटू ने बात काटी, "हमारे जैसी लड़कियों का फ़ायदा-नुकसान लड़कों के फ़ायदे-नुकसान जैसा नहीं होता है, अरुणदा। हमारे पढ़ने का लक्ष्य और अधिक पढ़ना नहीं है। लक्ष्य है एक ज़बरदस्त वर-प्राप्ति। किसी तरह ग्रेजुएट होते ही पिताजी ऐसे वर की तलाश में जी-जान से जुट जायेंगे।"

अरुण ने इधर-उधर देखा।

यद्यपि धूप खूब तेज़ थी परन्तु यहाँ 'बूढ़े शिव मन्दिर' की छाया पड़ रही थी। मन्दिर का दरवाज़ा अभी तक बन्द था। बूढ़े पुरोहित निताई भट्टाचार्यजी नौ बजे तक भी नहा-धोकर पहुँच नहीं पाते हैं। लोगों का कहना है कि भाँग का नशा उतरते-उतरते दिन बीतने को आता है।

यह बात सभी को पता है। इसीलिए जिन्हें बाबा के आगे पूजा चढ़ानी है वे ज़रा देर से ही आते हैं और जो बाबा के सामने तक पहुँचने की कोशिश नहीं करते हैं वे चौखट पर सिर टेककर छुट्टी पा लेते हैं। इस समय फिलहाल एक भी भक्त उपस्थित नहीं है।

अरुण किसी उद्देश्य से नहीं निकला था। यूँ ही घर से निकल आया था। परन्तु मिंटू कहाँ जा रही थी ? शायद अरुणदा के ही घर जाने के इरादे से कारण दिखाना ऐसी कोई मुश्किल बात भी नहीं।

पड़ोस की चाची लावण्यलेखा से जाकर कहना-भर होगा, 'अच्छी चाची, आपके यहाँ फलाँ पौधा है क्या ? पिताजी का पेट ज़रा गड़बड़ है…पत्ते चाहिए।'

मिंटू के पिताजी का बारहों महीने पेट गड़बड़ रहता ही है। इसीलिए बिना निर्देश के मिंटू अगर पत्ते लेकर पहुँचेगी तो उसकी पितृभक्ति की सराहना ही होगी और फिर इतनी देर तक घर से बाहर रहने का सही कारण भी बता सकेगी।

लेकिन मुलाकात रास्ते ही में हो गयी।

और दोनों, अनमने से चलते-चलते खेत मैदान पार कर सड़क के अन्तिम छोर तक आ गये। क्या पता इसके पीछे भी कोई चतुराई हो—कह देगी 'बूढ़े शिव' को पूजने गयी थी।

यद्यपि 'बूढ़े शिव' के प्रति अरुण को कभी भी भक्तिभाव दर्शाते नहीं देखा गया है।

हाँ अब नौकरी लगी है इसीलिए कृतज्ञभाव मन में हो भी सकता है।

मिंटू की बात और है। उसकी माँ ने तो बचपन ही से उसे शिक्षा दी है शिव के सिर पर जल चढ़ाने की। ताकि शिवजी जैसा वर प्राप्त हो सके।

इधर दुनिया भर में आजकल 'नारी-मुक्ति' का आन्दोलन जोर पकड़ रहा है। युग-युगान्तर से अबोध, अबला नारी-जाति को किस-किस तरह से शोषित किया गया है, उस पर तीव्र से तीव्रतर आलोचनाएँ हो रही हैं। नारी-जाति के आगे अब प्रमुख प्रश्न यह है कि ये समाज पुरुष-शासित रहे या नहीं।

फिर भी दुनियाभर की कोटि-कोटि युवतियाँ भली-भाँति जानती हैं कि उनके जीवन की परम प्राप्ति है एक उत्तम वर। एक अच्छा सुसम्पन्न घर।

इसी तरह से विचार करते चले आ रहे हैं उनके अभिभावकगण। अपनी परम प्रिय पुत्री को कैसे इसके उपयुक्त बनायें ?

अच्छा वर, अच्छा घर मिलता ही कितनों को है ? फिर भी कोशिश तो करनी ही पड़ती है। उसी कोशिश का एक भाग है शिव के सिर पर जल चढ़ाना।

आश्चर्य की बात है। एक ही गाँव के लड़के-लड़की। जब से पैदा हुए हैं तभी से एक दूसरे को देखते आ रहे हैं। फिर भी जब एकाएक किसी मौक़े पर, किसी रहस्यात्मक ढंग से मुलाकात हो जाती है तो वह मूल्यवान हो जाती है।

यद्यपि यह बात कोई नयी नहीं।

अरुण ने इधर-उधर देखने के बाद कहा, "हे बालिके ! तो तुम हो बलि के लिए उत्सर्ग किया हुआ बकरा मात्र।"

भारी आवाज़ में मिंटू बोली, "इसके अलावा और क्या ?"

"शेम, शेम ! आज के नारी-मुक्ति के युग में तू ऐसी बात कर रही है ?"

"जो सच है उसे स्वीकार करने का सत् साहस है तभी कह रही हूँ।"

अरुण बोला, "धत् ! सुबह-सुबह ऐसी बातों से मन में फिसलन पैदा मत कर। अच्छी बातें कर।"

"मैं क्या अच्छी बातें कर सकती हूँ ! बल्कि तुम कर सकते हो नयी और अच्छी बात, नये दफ़्तर की बात।"

"धत् ! एक सरकारी क्लर्क क्या करेगा दफ़्तर की बात ?"

"वाह ! सरकारी क्लर्क दफ़्तर ही की बातें तो करते हैं। दफ़्तर ही उनका सब कुछ होता है ज्ञान, ध्यान..."

"यह दिव्य ज्ञान तुझे दिया किसने ?"

"दिया किसने ? कह सकते हो मेरी छोटी मौसी ने। छोटी मौसी कहती है, 'तेरा छोटा मौसा दफ़्तर के अलावा कोई और बात करना जानता ही नहीं।' "

सहसा अरुण प्रसंग परिवर्तित कर बोल उठा, "इस साड़ी में तो तू बड़ी जबरदस्त लग रही है !"

मिंटू चौंक उठी।

ठीक इस तरह की बात इससे पहले तो कभी नहीं कही थी अरुणदा ने।

तो क्या यही है 'प्रेम निवेदन' ?

या यूँ ही सहज स्वाभाविक बात कह रहे हैं ?

बचपन से ही दोनों में जाने कैसा बन्धन रचा हुआ है। वे जानते हैं बात करते समय एक दूसरे से न कुछ छिपाना है न सौजन्यता बनाये रखकर बातें करनी हैं। जो जी में आये कहा जा सकता है। जैसे दोनों के बीच अलिखित अनुबन्ध हो।

मिंटू का चेहरा लाल पड़ गया।

परन्तु सँभल गयी। बोली, "आहा, क्या तो साड़ी है।"

"मैंने यह तो नहीं कहा था कि साड़ी जबरदस्त है। कहा था तू जबरदस्त लग रही है।"

"ठीक है। अब इस विषय पर बात मत करो।"

फिर गले का स्वर नीचे उतारकर धीरे से बोली, "पुजारीजी आ रहे हैं। दूर से दिखाई पड़ रहे हैं।"

अरुण जल्दी से बोला, "मैं खिसकता हूँ। बुड्ढे की आँखों में मोतियाबिन्द हुआ ज़रूर है लेकिन अभी भी दृष्टि तीक्ष्ण है।"

लाबू बोली, "अरे पत्ते लेने आयी है ? तो ले न कितना लेगी ? जंगल हो रहा है।"

पत्ते इकट्ठा कर एक दोने में रख मिंटू चबूतरे पर पाँव लटकाकर बैठ गयी। इधर-उधर की एक-आध बातें शुरू की थीं कि खुले दरवाज़े से अरुण भीतर आया। बोला, "क्यों, क्या हाल-चाल है ?"

लाबू जल्दी से बोली, "वह अपने पिता के लिए पत्ते लेने आयी है। बारहों महीने उन्हें डिस्पेपसिया रहता है।"

अरुण ने पूछा, "बढ़ गया है क्या ?"

मिंटू उठ खड़ी हुई। अपनी उसी फिरोज़ी रंग की साड़ी का आँचल सँभालते हुए बोली, "नहीं। नया कुछ नहीं। एकाएक ही याद आया इसे खाकर पिताजी बहुत ठीक रहते हैं।"

"ताई जी ठीक हैं ?"

"हाँ।"

"अच्छा। कहना, हो सका तो शाम को आऊँगा। रेल का एक मन्थली टिकट बनवाना पड़ेगा। ताऊजी अगर···"

अगर सुनने तक मिंटू ठहरी नहीं।

बोली, "ठीक है कह दूँगी।" दौड़ती हुई चली गयी।

लेकिन इतना ही काफ़ी था—दोनों ने एक दूसरे पर चकित दृष्टि डाल ली।

उनका एक संगठन है।

उसके बावद एक कमरा भी है। कमरा है उनके दीक्षादाता भवेशदा का। भवेशदा का यह पैतृक घर है—उत्तराधिकार में मिला मकान। वैसे वे पैतृक धन-वन पानेवाले नियम के घोर विरोधी हैं। लेकिन घर छोड़कर कहीं चल देने का आइडिया भी उन्हें आज तक जमा नहीं।

छोटा-सा मकान। बहुत ही छोटा।

उसी के एक कमरे में स्वयं रहते हैं, दूसरे में आकर लड़के इकट्ठा होते हैं। एक-आध लड़कियाँ भी आती हैं। खूब बड़ी-बड़ी आदर्शपूर्ण बातें करते हैं ये लोग।

भवेश के यहाँ किसी को चाय-वाय नहीं मिलती है।

वह खुद ही एक सस्ते होटल में खाना खाता है और सामनेवाली चाय की दुकान पर व्यवस्था कर रखी है। उसी दुकान का एक लौंडा नौकर पिचकी, काली हो गयी एल्यूमिनियम की केतली में गरम चाय और नन्हे-नन्हे कुल्हड़ लेकर आता है।

भवेश तो अपने पहले प्रयोग में लाये कुल्हड़ में काम चला लेता है और लोग रहते हैं तब कुल्हड़ लिये जाते हैं। शाम को कोई-न-कोई रहता ही है। परन्तु बुधवार और शुक्रवार की शाम को लोगों की संख्या कुछ अधिक हो जाती है। लड़के को दोबारा केतली में चाय भरकर लानी पड़ती है।

परन्तु यहाँ सब-कुछ भी फ्री में नहीं मिलता है। भवेश की नीति है 'पैसा फेंको मौज़ उड़ाओ'। जो पैसा देगा वही चाय पीएगा।

इनके संगठन का लक्ष्य है देश से 'शिशु श्रमिक प्रथा' का उन्मूलन करना।

कभी भवेश ने ऊँचे स्तर की राजनीति में भाग लिया था। आजकल अपने को उससे अलग कर लिया है। अब जिसमें जी-जान से जुट गया है, जिसके लिए कुछ 'भक्त' अथवा 'चेले' हो गये हैं उसे राजनीति कहो तो राजनीति, हृदयनीति कहो तो हृदयनीति।

समाज की कुरीतियों को, अमानवीय कुप्रथाओं को जड़ से उखाड़ फेंकने के लिए सबसे पहले तो जिस चीज़ की ज़रूरत है वह है 'हृदय'।

उसके बाद क़ानून के लिए लड़ाई।

लेकिन यहाँ तो क़ानून बनवाना भी नहीं है। क़ानून बना बनाया है।

बहुत पहले ही 'बाल श्रमिक' प्रथा को ग़ैर-क़ानूनी करार दे दिया गया है। जिस तरह 'दहेज़ प्रथा' को

वैसे समाज की अनेकों कुप्रथाओं को जड़ समेत उखाड़ फेंकने के लिए क़ानूनों की कमी नहीं है। लेकिन क़ानून ही तो सब कुछ नहीं है न, उसका पालन भी तो होना चाहिए।

इसी को कार्यरूप में परिणत करने के लिए संगठन की आवश्यकता है।

भवेश ने कहा था, "पहला काम है चेतना जागृत करना। न···जो मेहनत करवाते हैं केवल उन्हीं में नहीं, जो खटते हैं उनमें भी। उनके माँ-बाप को, उनके अभिभावकों को बताना होगा कि यह पाप है। लेकिन कितनों के माँ-बाप हैं ? अभिभावक हैं ?"

जो बच्चे रेल लाइन के किनारे कोयला बटोरते-बटोरते दब मरते हैं, जो चोरी करते समय मार खा-खाकर मर जाते हैं, जो कारखानों में चवन्नी के बदले में एक आदमी का पूरा काम करते-करते भूखे-प्यासे, तड़प-तड़पकर मर जाते हैं···उनके कहाँ हैं माँ-बाप ?

और जो लोग अभिभावक बनकर बच्चों पर रोब जमाते हैं ? वास्तव में वे ही होते हैं इस पापचक्र के दलाल। वे लोग इन असहाय, अनाथ लड़के-लड़कियों को खाना, कपड़ा और पैसे देने का वायदा करके इनसे मेहनत-मजदूरी करवा लेते हैं और उनकी मुट्ठी से पैसे छीन लेते हैं। दो-चार पैसे आगे फेंककर भगा देते हैं।

लेकिन ये बच्चे कर भी क्या सकते हैं ? जायें भी तो कहाँ जायें ?

भवेश इन्हीं के उद्धार का रास्ता ढूँढ़ने की योजना बना रहा है।

अर्थात् हाथ से हाथी धकेलने की चेष्टा कर रहा है। फिर भी इसी तरह एक न एक दिन काम होता है।

यह भी सम्भव है कि इस युग में न हो···कई युग लग जायें।

जिनके माँ-बाप हैं क्या ऐसे बाल श्रमिक नहीं हैं ? हज़ारों की तादाद में हैं। उन्हें माँ-बाप ही काम में लगा देते हैं। पाँच साल के हुए नहीं कि वे अपने पेट भरने की कोशिश में जोत दिये जाते हैं। कुछ नहीं तो, छोटी-सी लड़की माँ के साथ घर-घर जाती है बर्तन मँजवाने···माँ के काम में हाथ बँटाने से माँ दो घर का और काम पकड़ लेती है।

वे ही दिखाई पड़ते हैं हरिनघाटा दूध के बूथ पर। पाँच या चार ही साल का बच्चा एक हाथ में फटे हाफ पैंट का सामने का हिस्सा मुट्ठी से दबाये, दूसरे हाथ में लोहे के फ्रेम में कुछ दूध की बोतलें लिये लगभग ज़मीन से घसीटते हुए घर-घर पहुँचा रहा है। हर बोतल के लिए कमीशन मिलता है। ये ही लड़के बड़े होते ही दो साल बाद चाय की दुकानों या छोटे-मोटे होटलों, मिठाई की दुकानों पर दिखाई पड़ेंगे।

ऐसे बच्चों के माँ-बाप में चेतना जगानी है।

दो तख़्त एक साथ जोड़कर एक बड़ा-सा बैठने का प्रबन्ध किया गया है। दरवाज़े के पास पहुँचते ही तख़्त पर चढ़ जाना पड़ता है। पीछे की खिड़की खोलनी बन्द करनी हो तो भी तख़्त पर ही चढ़ना पड़ता है। यद्यपि पहले कमरे की फ़र्श पर चटाई बिछाकर बैठने की व्यवस्था थी लेकिन न जाने कहाँ से चींटियों ने आना शुरू कर दिया। कभी तिलचिट्टे भी चढ़ने लगे शरीर पर।

तख़्त पर कुछ बिछा नहीं था। इससे कोई फ़र्क नहीं पड़ता था। जो किसी तरह का 'अच्छा काम' करते हैं वे इतने आरामप्रिय नहीं होते हैं। ख़ासतौर से भवेश के सामने तो ऐसा सोच तक नहीं सकते हैं।

सौम्य के साथ ब्रतती भी थी।

भवेश बोले, "मैं जानता हूँ। दूर को पास लाने का हुनर होना चाहिए सब में।"

ब्रतती बोल उठी, "हर जगह एक ही ढंग है, भवेशदा। बाप अगर हो भी तो वह न होने के बराबर है। या तो रोज़गार करने से नाराज़ बीवी की कमाई से खाता है बैठा बैठा, नहीं तो जो कमाता है उसे शराब में उड़ा देता है। फिर घर लौट कर बीवी-बच्चों की पिटाई करता है।"

कुछ क्षण रुककर वह फिर बोली, "नयी बात तो है नहीं, भवेशदा। युगों से दुनिया भर के दरिद्रों का यही इतिहास है। बेचारी औरतें जी-तोड़ मेहनत करती हैं, साथ ही बच्चे ज़रा बड़े हुए नहीं कि उन्हें काम में जोत देती हैं।"

वह ज़रा हँसी।

बोली, "षष्ठी माता की कृपा भी तो इन्हीं लोगों पर ज़्यादा है। सुखी परिवार के गठन की शिक्षा देने जाइए वे आस-पास नहीं फटकेंगी।"

सौम्य बोल उठा, "रेल लाइन के किनारे उस बस्ती की···महिला माने एक औरत ने क्या कहा था याद है ब्रतती ?"

"क्या कहा था बता न भवेशदा को।"

"क्या बताऊँ ? हँसी ही आती है।"

सिर हिलाकर ब्रतती बोली, उस औरत ने कहा, "आप लोगों के पास तो दीदी कितनी ताक़त है—धन, जन और मनोबल है। हमारी ताक़त, हमारा भरोसा, सब हैं ये बच्चे। वे ही हमारे जन-बल हैं।"

ब्रतती ने और भी कुछ किस्से सुनाये। सभी का एक ही रंग था। एक आध माँओं ने कहा भी कि 'इस्कूल में डाला था दीदी। दोनों को भर्ती कर दिया था। लेकिन उनका पढ़ाई में मन ही नहीं लगा। इस्कूल जाने के नाम से घर से निकलते और इधर-उधर खेला करते। तो क्या करती ? एक को मिठाई की दुकान में लगवा दिया है, दूसरे को एक बाबूजी के यहाँ रखवा दिया है। थोड़े और बड़े हो जायेंगे तो रिक्शा चलायेंगे।'

और लड़कियाँ ?

फ्राक पहनी नौकरानियाँ। बाबूजी लोगों के यहाँ माँ रखवा देती है। परम सन्तोष के साथ बाबू लोग रखते भी हैं। क्योंकि यह ऐसी गाय है जो खाएगी कम दूध देगी ज़्यादा। घर के भीतर रहेगी, काम करेगी इसीलिए उसे ढंग के कपड़े दिये जाते हैं। वह भी 'भाभी जी' की प्रसाधन सामग्री पर क़भी-कभार हमला करने से बाज नहीं आती है। आदमक़द शीशे में अपना रूप देखकर मुग्ध होती है···मन-ही-मन मीठे सपने देखती है···जिस पर 'भाभी जी' के जीवन की छाया पड़ी होती है।

किन्तु लड़की बढ़ती है केले के पेड़ की तरह···उन्हें फ्राक छोड़कर साड़ी पहनना पड़ता है। तब माँ पकड़कर ले जाती है, सिर से पाँव तक अपने को गिरवी रखकर उनका ब्याह करती है (वे भी तो दहेज प्रथा के शिकार हैं)। इसके बाद लड़की माँ के नक्शे क़दम पर चलना शुरू करती है।

अथवा अगर उसके सपने ज़्यादा जबरदस्त हुए तो माँ की पकड़ में आने से पहले किसी और के फेर में पड़कर अलग ही इतिहास रचना शुरू कर देती है।

इन्हीं लोगों का जीवन सुन्दर बनाने का सपना देख रहे हैं भवेश नामक व्यक्ति। आदि-अनन्तकाल से ऐसे सपने कितने भवेशों ने पहले भी देखे थे।

भवेश के आकर्षण ने कुछ लोगों को यहाँ एकत्रित किया है। कुछ स्वयं प्रेरित होकर आये हैं। कुछ का हृदय ही मानव-कल्याण के लिए उन्मुख था—वे यहीं चले आये हैं।

जली, कोयले-सी काली, पिचकी केतली हाथ में पकड़े चाय की दुकान का लौंडा आ खड़ा हुआ।

सभी ने हाथ बढ़ाया। अपनी-अपनी जेबों और पर्सों में हाथ डाला। यहाँ 'सौजन्यता' का नियम लागू नहीं है। कोई किसी के चाय का मूल्य नहीं दे सकता है।

भवेश बोले, "एक और स्कीम बना रहा हूँ समझे ? बिल्कुल पक्का हो जाये तब तुम लोगों को समझाऊँगा। मुझे लगता है इससे काम और आसान होगा। जल्दी भी होगा।"

करवी नामक एक लड़की बोल उठी, "लेकिन भवेशदा, काम करने निकले हैं तो लग रहा है कि हम तो नाखून से पहाड़ तोड़ने की कोशिश कर रहे हैं। जरूरत तो है डिनामाइट की जिससे पहाड़ को तोड़कर चकनाचूर किया जा सके।"

"ये बात है ?" भवेश के चेहरे पर व्यंग्यपूर्ण हँसी उभरी। उसके बाद ही झिड़क कर बोले, "जब डिनामाइट की क्षमता ही नहीं है तब नाखून तोड़ने से फायदा ? तू यहाँ से खिसक जा। घर जाकर एक अच्छा-सा 'वर' जुटा ले, पतिगृह यात्रा कर। कल से तू नहीं आयेगी। चौखट पर पाँव रखा तो पाँव तोड़ दूँगा।"

हाँ। भवेश इसी तरह से बोलते हैं।

"निकल जा। फिर कभी मत आना। इस रास्ते से आना-जाना किया तो"···

फिर भी लड़के-लड़कियाँ आते हैं, बैठते हैं। काम करने की जिम्मेदारी लेते हैं।

बात सुनते ही दिव्यजीवन के हाथ में पकड़ी चाय की प्याली छलक गयी। बोल उठा, "माई गॉड ! कह क्या रही हो···ऐं ?"

अवहेलनापूर्ण ढंग से चैताली बोली, "इसमें इतना अवाक् होने की क्या बात है ? ऐसी घटना ज़िन्दगी में पहली बार सुन रहे हो क्या ?"

पत्नी जब इस तरह झिड़कते हुए प्रश्न पूछती है तब न जाने क्यों दिव्य सिकुड़कर इतना-सा हो जाता है। इस वक़्त भी उसका यही हाल हुआ। प्रश्न का जवाब भी देना पड़ेगा। इसीलिए अप्रतिभ हँसी हँसकर बोला, "नहीं, ऐसा हो तो अक्सर रहा है परन्तु तुम्हारी कंकनादी का मामला है इसीलिए सुना था उन्होंने तो पूरे घर में तहलका मचा कर, विद्रोह की घोषणा करते हुए अपने प्रेमी पुरुष के गले में वरमाला पहनायी थी ?"

"हाँ पहनायी थी। मुझसे ही तुमने सुना था। तो क्या कभी वरमाला डाली थी इसीलिए आजीवन काल उसी गले को पकड़कर झूलती रहें !"

"क्या है कि···यह तो सही कह रही हो। लेकिन पाँच लोग क्या कहेंगे ? है न ? ऐसी ही मामूली-सी शादी हुई होती तो और बात थी।"

"कहेगा कोई क्या ?" चैताली ने फिर गले की आवाज़ चढ़ाते हुए कहा, "और किसी के कहने की परवाह कौन कर रहा है ! आजकल तो डाइवोर्स स्टेटॅस सिम्बल है।"

दिव्य का मुँह अनजाने में ही खुल गया, "क्या डाइवोर्स एक स्टेटॅस सिम्बल हैं ?"

"अवश्य। हमेशा एक ही खूँटी से बँधे रहकर सुख से चारा-भूसी खाना पड़ेगा यह किसने कहा है ? हर एक का निजी एक व्यक्तित्व होता है। इस बात को डाइवोर्स ही सिद्ध करता है।"

दिव्य को लगा यह सारी बातें अभी-अभी चैताली अपनी बहन कंकनादी से सुनकर आयी है। मौसेरी बहन कंकनादी तो उसकी 'आदर्श' हैं···उनका एक-एक आचरण चैताली के लिए अनुकरणीय है। कंकनादी का बोलने का बेपरवाह ढंग, बेरोकटोक बेझिझक की गयी प्रेमलीला, उनका जीवन-निर्वाह करने का विशेष ढंग···सब कुछ तो चैताली के लिए विस्मयकारी और आकर्षणीय है।

और कंकनादी के पति ?

वे भी तो किसी से कुछ कम नहीं थे।

उनके आगे तो प्रायः चैताली हीन भावना से ग्रस्त हो जाती थी। माँ-बाप द्वारा तय की गयी शादी और कूपमण्डूक ससुराल ने तो उसे कहीं का नहीं रखा।

इधर कुछ दिनों से चैताली पति और पतिगृह वासियों को कंकनादी के जीवन की कोई नयी बात नहीं सुना पायी थी। हर बात पुरानी हो गयी थी जैसे कंकनादी हर शाम को पति और उनके मित्रों के साथ चाय-कॉफी पीने की तरह ड्रिंक किया करती है···कंकनादी लोकनिन्दा की परवाह थोड़े ही करती है। कंकनादी स्वयं मोटर चलाकर बगल में पति के मित्र को बैठाकर 'टाटानगर' चली जाती है 'तोपचोंची' चली जाती है।···

कंकनादी में किसी तरह का कोई कुसंस्कार नहीं है।···वह तो अपने इकलौते बेटे को पाँच साल की उम्र ही में हॉस्टल में रख आयी है जिससे लड़का बाद में घर-घुसना न हो जाये···

इस तरह की बातें तो न जाने कितनी बार कह चुकी थी चैताली। इसीलिए ऐसी एक नयी खबर सुनाकर उसे गर्व का अनुभव हो रहा था।

लेकिन चैताली का पति, है तो एक गँवार घर का लड़का ही न ? इसीलिए गँवारों की तरह बोल उठा, "देखो जी···तुम तो कंकनादी की हर बात फॉलो करना पसन्द करती हो लेकिन इस मामले में कि 'डाइवोर्स स्टेटस सिम्बल' है कहकर···ओ बाबा···"

भौंहें सिकोड़कर, होठों पर बंकिम हँसी की आभा फैलाते हुए चैताली बोली, "स्टेटस जैसा कुछ हो तब न उसका 'सिम्बल' ? नहीं, डर के मारे कातर होने की ज़रूरत नहीं है। हुँ, एक मोटर की कमी के कारण मैं आज तक मोटर चलाना न सीख सकी जबकि एक बार स्टीयरिंग भर पकड़ पाती तो···जीजाजी ने कितनी बार ऑफर किया था···कंकनादी ही छूने नहीं देती थी। कहती, 'खबरदार ! एक्सीडेण्ट हुआ तो सब के सब मरेंगे।' "

फिर ज़रा ठहरकर अवज्ञापूर्ण हँसी हँसकर बोली, "अ—हा, क्या घर था तुम लोगों का ! अपनी ही कोशिश से ज़रा-सा सुधार सकी हूँ इसीलिए।"

दिव्य की आँखों के सामने सहसा तालतला लेन में स्थित ससुराल के पुराने मकान की तस्वीर उभर आयी। कभी शायद सम्मिलित परिवार था लेकिन अब बहुत सारे पार्टीशन द्वारा बँटवारा कर लिया गया है। कभी-कभी जब चैताली के साथ जाना पड़ता है तब इन्हीं बँटे टुकड़ों में से एक में घुसना पड़ता है।

परन्तु इस तस्वीर की बात क्या कही जा सकती है ?

पुरुष-जाति कितनी भी मूर्ख क्यों न हो इतनी मूर्ख नहीं है। जिस पेड़ की डाल पर बैठा है उस पर वह कुल्हाड़ी कदापि नहीं मारेगा। आँखों में अँगुली डालकर दिखा

दे, विजयी हो जाये, यह शौक उसमें नहीं है।

दिव्य ने विषय ही बदल दिया।

"डाइवोर्स हो गया है क्या ?"

"अभी ? तुम जैसे बुद्धिमान की बुद्धि का घोड़ा इससे ज़्यादा क्या दौड़ेगा ? अभी हाल ही में तो केस ठोंका है कंकनादी ने।"

"ओ ! ये बात है ! तो क्या आजकल माँ-बाप के पास हैं ?"

"माँ-बाप के पास ?" चैताली बोल उठी, "वहाँ बैठकर यह सब किया जा सकता है ? यह क्यों भूलते हो कि कंकनादी की माँ मेरी ही माँ की बहन है। दोनों के समान विचार हैं। वह चली गयी है अपनी एक एडवोकेट सहेली के घर। उसी से मदद मिलेगी।"

"सहेली के पति एडवोकेट हैं ?"

"बड़े आश्चर्य की बात है··सहेली के पति की बात कहाँ से आयी ? क्या औरतें एडवोकेट नहीं होती हैं ?"

"होंगी क्यों नहीं ?··औरतें तो हाइकोर्ट की जज भी होती हैं।"

"जी हाँ। वह एक अनमैरिड महिला है। अलग एक फ़्लैट में अकेली रहती है। कंकनादी के साथ पढ़ती थी।"

दिव्य की समझ में नहीं आया क्या जवाब दे। उसकी आँखों के सामने अब एक दूसरी तस्वीर उभर आयी। मौसेरी साली कंकना का अत्यन्त सुरुचिपूर्ण, सुन्दर ढंग से सुसज्जित फ़्लैट और उसमें विचरण कर रही, सर्वदा अपने को विकसित करने की कला में निपुण एक गृहिणी और उनके अनुगत पतिदेव। कहते हैं यह आदमी अपने दफ़्तर का सर्वेसर्वा है किन्तु घर में ? अगर कंकना का कृतदास कहो तो अन्याय नहीं होगा। फिर भी कंकना ने ऐसा घर त्याग दिया। जाकर अपनी सहेली के साथ रह रही है।

मन-ही-मन दिव्य अपने को सचमुच ही गँवार समझने लगा।

उसे बहुत दिनों बाद सहसा अपनी माँ की याद आयी। अच्छा, माँ हर समय इतनी प्रसन्न कैसे रहती थी ? जब वह छोटा था तब किराये के मकान में रहता था। मकान बनाने के लिए बहुत सँभालकर खर्च किया जाता था। साधारण कपड़ों में ही दोनों भाई पढ़ने जाते थे। दोनों एक ही स्कूल में पढ़ते भी थे।

माँ खाना बनाती थी, घर के सारे काम भी वही करती थी। फिर भी हर समय प्रसन्न रहती थीं। जैसे ही वे दोनों स्कूल से लौटते माँ का चेहरा मानो खिल उठता। उसका प्रभाव उन पर भी पड़ता था। घर में घुसते ही पराँठे की सुगन्ध नाक में घुसती थी।

बेचारे काटुम काटाम ने वह पराँठे न चखे न उनकी सुगन्ध पायी। यद्यपि वे अपने इस नुकसान से अवगत भी नहीं हैं, शायद सुनेंगे तो कहेंगे, ऐ माँ। बाबाई,

तुम कितने लालची थे ? पराँठा भी क्या कोई अच्छी चीज़ है ? कहकर हँसने लग पड़ते।

इससे पहले क्या कभी दिव्य ने बच्चों के नुकसान की बात सोची थी ? कभी नहीं···आज उसे लग रहा है बच्चों ने अपनी ज़िन्दगी में एक बहुत क़ीमती चीज़ का कभी स्वाद नहीं चखा।

परन्तु माँ क्या सुखी थी ? इसीलिए इतनी खुश रहती थी ? माँ क्या बुद्धू थी ? अक्सर वह चैताली को कहते सुनता है जो बुद्धिमान होते हैं वे कभी 'आनन्द सागर' में गोते नहीं लगाया करते हैं···ऐसा तो सिर्फ़ बुद्धू लोग ही करते हैं।

तब तो यह मान लेना होगा कि इस ज़माने में हर कोई बुद्धिमान हो गया है। क्योंकि अब किसी को 'आनन्द सागर' में गोते लगाते हुए कहाँ देख रहा है ?

यद्यपि लाबू हमेशा से बुद्धू ही है।

और इसीलिए वह हर हाल में सुखी रह सकती है। अब वह अपने को सुखी समझती है। उसके लिए वैधव्य अतीत का एक ऐसा अध्याय था कि उसके लिए भयानक शून्यताबोध हुआ ही नहीं।

यहाँ तक कि जब लाबू के पति की असमय में मृत्यु हुई उस समय अपने दुःख से ज़्यादा अपने बूढ़े सास-ससुर के दुःख से आहत हुई थी। उनके पुत्रशोक के हाहाकार ने लाबू का हृदय छलनी कर दिया था। अपने दुःख को तुच्छ कर उसने वृद्ध दम्पती के आँसू पोंछे, उन्हें हृदय से लगा लिया। उनकी सेवा की। पुत्रशोक भुलाने के लिए अपना नन्हा शिशु उनकी गोद में डाल दिया था। लाबू से उनका दुःख देखा नहीं जाता था। वही सास-ससुर न रहे तो लाबू असहाय हो गयी थी।

पुत्र की नौकरी लग जाने से वह अपनी अनेकों अपूर्ण इच्छाएँ पूर्ण कर रही है। गृहस्थी सँभल जाने से वह अब सुखी है।

साधारण नौकरी या साधारण तनख्वाह है तो क्या हुआ ? लाबू ही की इच्छाएँ कहाँ असाधारण हैं ?

लाबू चाहती थी चौके की छत पक्की कर ले और एडवेस्टर शीट हटवा दे। ट्यूबवेल के आस-पास ज़रा ऊँचा पक्का चबूतरा बना ले। यह उसकी वर्षों की इच्छा थी। पानी भरते समय हर बार पाँव में कीचड़ लग जाता है। चौके में रखी जालीदार लोहे की अलमारी की जाली बदलवाकर अलमारी को रँगवा लेने की इच्छा भी कोई बहुत बड़ी इच्छा नहीं। बहुत दिनों से जी में आ रहा था दुनिया भर के पुराने गद्दे-रजाइयाँ खुलवाकर उनसे बेटे के लिए एक सेट नया गद्दा, नयी रजाई बनवा ले।

तथा भारी-भारी काँसे के बर्तनों की जगह पर अब हल्के नये सुन्दर स्टील के बर्तनों में बेटे को खाना परोस कर दे।

यह सारी इच्छाएँ धीरे-धीरे पूरी हो गयी हैं।

कुछ कामों में तो पैसा ही खर्च नहीं हुआ। एक बहुत भारी थाली के बदले में स्टील की थाली, कटोरियाँ, गिलास आराम से मिल गया।

इसी में लाबू को सुख मिला।

अरुण घर पर है तभी न लाबू यह सब कर सकी ? ग़नीमत है कि लाबू की मूर्खता के फेर में पड़ कर अरुण कलकत्ते जाकर मामा के यहाँ रहने नहीं लगा।

दो आदमी की गृहस्थी। मेहनती और हर काम ठीक-ठाक़ रखनेवाली लाबू के कारण खर्चा बहुत कम था। लाबू अपने आँगन में इतनी सब्ज़ी बो लेती कि खरीदनी ही नहीं पड़ती। ऊपर से बाँटनी पड़ जाती।

इतनी सुखी लाबू के मन के कोने में अगर एक और सुख सिर उठाने के लिए छटपटाए तो इसमें उसका क्या कुसूर ? फिर भी तो लाबू उस सुख को मन के कोने में ही डाले, खुश होती रहती है। जैसा बुद्धू लोग करते हैं।

छुट्टी का दिन लाबू के लिए परम सुखदायी होता है। उसके मानो पंख लग जाते हैं। एक बार भागकर बेटे के पास आती, एक बार चौके में जाती।

लड़के के सामने चाय-नाश्ता रखते हुए सुखी भाव से बोल उठी, "कल तुझे लौटने में इतनी रात हो गयी कि मैं बता ही नहीं पायी। एक खुशखबरी है।"

अरुण ने हँसकर पूछा, "कैसी खुशखबरी ? तुम्हारी लौकी की लतर में लौकी फली है क्या ?"

"आहा··ये क्या बहुत बड़ी खुशखबरी है ?"

"तुम्हारे लिए तो यही काफ़ी है।"

"बिल्कुल नहीं। खुशखबरी यह है कि मिंटू के लिए एक बहुत अच्छा रिश्ता मिल गया है। कल लड़केवाले देखने आये थे। पसन्द भी कर गये हैं। सुना है लड़का मद्रास में नौकरी करता है। बड़ी भारी कोई नौकरी है, छुट्टी कम मिलती है। कहा था उसने कि घरवाले पसन्द कर लेंगे तो वह शादी कर लेगा। आजकल के ज़माने में ऐसी बात कहता कौन है ? क्यों रे, तूने चाय नहीं पी ?"

एक घूँट पीकर नीचे उतारकर रखी चाय पर एक नज़र डालते हुए अरुण बोला, "कुछ ज़्यादा कड़क लगी।"

"अरे ! तो दूसरी बना लाऊँ ?"

"नहीं-नहीं, रहने दो।"

"वाह ! थोड़ी भी तो नहीं पी है !"

"अच्छी नहीं लग रही है। बाद में पीऊँगा। ज़रा टहल आता हूँ।"

"अब इस समय टहलने कहाँ जायेगा ?"

"अभी जाना ही ठीक होगा···बाद में धूप तेज हो जायेगी।"

सहसा लाबू चुप हो गयी। अरुण का यह भावान्तर उसकी निगाहों से छिपा नहीं। ऐसा क्यों हुआ ? मूर्ख लाबू दिशाहीन हुई फिर भी अपने को सँभालते हुए बोली –

"ताऊजी के घर जा रहा है क्या ?"

"ताऊजी के घर ? क्यों ?"

"अरे वही शादी के मामले में। लड़का काम क्या करता है, यह तो मैं ठीक से समझ नहीं पायी थी।"

"इतना समझकर होगा क्या ?" कहते हुए चप्पल पहनकर अरुण घर से बाहर निकल गया।

लाबू ने देखा विशेष प्रिय लाबू की टिकियाँ दोनों ही पड़ी हैं।

लाबू के सिर पर जैसे एक चील ने चक्कर काटना शुरू किया।

अभी थोड़ी देर पहले लाबू अपने को कितना सुखी समझ रही थी। वह सोच रही थी लड़का आलू की टिकियों की प्रशंसा के पुल बाँध देगा (जैसा कि किया करता है) और दो टिकियाँ माँगकर खाएगा। उन्हें छेड़ने के लिए कहेगा, 'एक आध ज़्यादा है कि नहीं ? तुम्हें कम तो नहीं पड़ेगा ?' लाबू बिगड़कर कहेगी, 'हाँ, मैं तो उसी डर के मारे मरी जा रही हूँ। कहते हुए एक आध और दे देगी ज़ोर-जबरदस्ती।'

इसके बाद लाबू खुशी-खुशी और उत्साह के साथ, उस घर के जेठ की बेटी की शादी के किस्से सुनने बैठ जातीं। बतातीं, जेठजी ने लड़की दिखायी में ही इतना सारा खर्च कर डाला है···खूब बढ़िया खाना खिलाया है। देखकर तो लाबू आश्चर्यचकित रह गयी थीं। वैसे करते भी क्यों नहीं ? कोई कमी तो है नहीं। फिर ऐसे बड़े घर का रिश्ता है···लड़का क्या है हीरा है हीरा। इस शादी के हो जाने से घर भर का भाग्य जाग जायेगा। पर मिंटू भी कम ज़िद्दी नहीं। सजने-धजने को तैयार ही न हो···गुस्से के मारे मुँह फुलाकर बैठ गयी। अन्त में बाप के बहुत समझाने पर तैयार हुई।

कितनी बातें बतानी थीं।

लाबू के दुर्भाग्य से परिस्थिति ही बदल गयी। वह सोचती थी लड़के की रग-रग से वह वाक़िफ है–तो क्या ऐसा सोचना उसका भ्रम था ? झूठा अहंकार था ? अब लाबू क्या करे ? लाबू के लिए करने को बचा ही क्या था ?

इन्सान जो सोचता है वह क्या हर समय कर पाता है ?

माँ से तो कह आया कि ताऊजी के यहाँ जाने का सवाल ही नहीं उठता है···और इधर अपने अनजाने में उसी घर के सामने जा पहुँचा।

लेकिन उसे क्या आशा थी कि पहले मिंटू ही मिलेगी ? आधे आँगन में धूप आ गयी थी। मिंटू गीले कपड़े फैला रही थी।

उधर की रसोई से बर्तनों की आवाज़ से साफ़ पता चल रहा था कि वहाँ मिंटू की माँ मौजूद है।

मिंटू ऊँचे तार पर पिताजी का एक कुर्ता डालकर उसे ठीक से फैलाने का प्रयास कर रही थी। अरुण ने पीछे से हाथ बढ़ाकर उसे ठीक कर दिया।

चौंककर मिंटू ने पीछे देखा। बोल उठी, "अरे, यह क्या ? तुम कब आये ?"

"अभी। ताऊजी कहाँ हैं ?"

आज मिंटू ज़रा गम्भीर दीख रही थी। हर बार अरुण को देखते ही आँखों और चेहरे पर जो चमक आ जाती थी आज वह चमक गायब थी। बाल्टी में रखे बाकी गीले कपड़ों की तरफ़ दोबारा नहीं देखा मिंटू ने।

शान्त स्वर में बोली, "तुम्हें अगर पिताजी से मिलना है तो ज़रा इन्तज़ारी करनी होगी। वे बाज़ार गये हैं।"

अरुण ने भौंहों पर बल डालते हुए कहा, "ताऊजी से मुझे क्या काम है ?"

"वाह, मुझे क्या पता ? आते ही तुमने पिताजी के बारे में पूछा तो मैंने सोचा कोई ज़रूरी काम होगा। हो सकता है तुम्हारी कोई ज़मीन-ज़ायदाद बिकी जा रही है इसीलिए…"

सहसा अरुण कड़ुआहटभरी आवाज़ में बोल उठा, "खूब चालबाज़ी आ गयी है… क्यों ? बड़े घर में ब्याह हो रहा है इसीलिए इतना अहंकार ?"

मिंटू ने जलती नज़रों से देखा। कड़ी आवाज़ में बोली, "अभद्रों की भाषा में बात मत करो।"

"वाह ! खूब ! केवल अहंकार ही नहीं…और कुछ भी है।"

मिंटू चार क़दम पास चली आयी। बोली, "क्या तुम ऐसी कड़ुवी बातें करने के लिए ही सुबह-सुबह आ पहुँचे हो ?"

"ओह ! कड़ुवी बात ! मेरी बातें कड़ुवी लग रही हैं, क्यों ? सच तो हमेशा कड़ुआ होता है।"

एकाएक मिंटू आँगन के किनारे चबूतरे पर बैठकर हताश भाव से बोल उठी, "बेकार ही झगड़ा करके समय नष्ट मत करो, अरुणदा। सोच-समझकर जल्दी से कुछ करो।"

अरुण तब भी झुकने को तैयार नहीं।

शायद उसकी अक्षमता, असहायपन ही उससे ऐसी बातें करवा रहा था। अरुण क्या सोच सकता है अथवा क्या उसमें साहस है कि मिंटू के माँ-बाप से कहे, "मिंटू की शादी के लिए अभी से परेशान न हों। मुझे थोड़ा समय दीजिए।"

ऐसा क्या सम्भव है ?

अगर मिंटू के माँ-बाप मुँह पर हँसना शुरू कर दें ? अगर कहें, "अरे अरुण ! तुम्हारा दिमाग़ तो नहीं खराब हो गया है ? मिंटू के लिए तुम्हें समय दे दें ? हा हा

हा हा।"

असहाय इन्सान जो करता है अरुण ने भी वही किया। मिंटू नामक लड़की पर अपनी अक्षमता का गुस्सा उतारा।

बोला, "मैं ? मैं सोच-समझकर क्या करूँगा ? मेरे अख्तियार में है कुछ ?" हमेशा से जो कहावत प्रचलित है न—'वामन का चाँद पकड़ने के लिए हाथ बढ़ाना'— मेरी भी वही दशा है। मैं सोच-समझकर कुछ करूँगा तो यही ताना सुनना पड़ेगा।"

बात एक सीमा तक थी तो सच ही। मिंटू के पिता शरत राय मोहल्ले में सबसे प्रतिष्ठित और सम्पन्न व्यक्ति हैं। एक के बाद एक करके दो-तीन सन्तान असमय में ही चल बसी थीं। देवी-देवताओं की मिन्नत करने से मिली थी मिंटू। उसके लिए शरत राय अरुण जैसा लड़का भला क्यों ढूँढ़ने लगे ?

अरुण बोला, "मैं कुछ करनेवाला कौन होता हूँ ?"

मिंटू की आँखें सुनकर जल उठीं।

बोली, "फिर कौन करेगा ?"

"करने-धरने की जरूरत ही क्या है ? अमीरों के घर जाओगी, सुख-चैन से घर-गृहस्थी करोगी।"

इससे पहले मिंटू ने अपने मन की बात कभी किसी से की नहीं थी लेकिन आज वह बड़ी परेशान थी। कल से उसके मन में व्याकुलता भरी आँधी चल रही थी। सारी रात यही सोचती रही थी कि अरुण से कब और कहाँ मुलाक़ात हो सकती है। कैसे कहेगी कि 'ऐसा होने नहीं दिया जायेगा।'

आज तक तो स्पष्ट शब्दों में किसी ने भी कुछ नहीं कहा। दोनों में से एक ने भी नहीं। सिर्फ़ आँखों की भाषा से दोनों काम चलाते जा रहे थे। इतने दिनों से एक अलिखित समझौता काम करता आ रहा था कि एक का दूसरे पर अधिकार है। एक दूसरे की निजी सम्पत्ति हैं।

लेकिन अब मिंटू ने देखा, दिल खोलकर रख देने के अलावा कोई चारा नहीं।

बिगड़कर बोली, "देखो अरुणदा, फालतू बातें करके ज़िम्मेदारी टालने की कोशिश मत करो। पिताजी से न कह सको तो माँ से कहो।"

"क्या कहूँ ?"

"ओफ़्फो ! असहनीय... क्या कहोगे क्या यह भी बता देना पड़ेगा ? क्यों, तुम्हारी तरफ़ से क्या बोलने को कुछ भी नहीं है ?"

उदास स्वर में अरुण बोला, "रहे भी तो बोलने का मुँह कहाँ है ?"

"अरुणदा, मुँह क्या सिर्फ़ बड़ी नौकरी पर निर्भर है ?"

"और नहीं तो क्या ? राजकन्या और चरवाहे की कहानी रूपकथा के लिए ही होती है।"

"चुप रहो। फालतू बातें छोड़ो। माँ से जाकर कहो, ताईजी मिंटू की शादी

अन्यत्र नहीं हो सकती है।"

अरुण ने एक बार अपलक उसे देखा फिर बोला, "मेरा ऐसा कहना जँचता नहीं है, मिंटू। कहना ही है तो तुम कहोगी।"

"मैं कहूँगी ?"

"और नहीं तो क्या ? यह बात कहने का हक़ और किसे है ?"

"इसके मतलब⋯तुम एक कापुरुष हो।"

"अधम पुरुष ही कापुरुष हुआ करते हैं मिंटू। किस शक्ति के बल पर वे वीर पुरुष बनने की धृष्टता करें ?"

सहसा मिंटू को रोना आ गया।

बड़ी मुश्किल से अपनी भावनाओं पर काबू पाते हुए बोली, "ठीक है। समझ गयी। समझ गयी कि मेरे लिए तुम्हारे मन में ज़रा-सी भी जगह नहीं है।"

फिर उठकर बाल्टी से गीले कपड़े झाड़-झाड़कर तार पर फैलाने लगी।

अरुण बोला, "जा रहा हूँ।"

मिंटू कुछ नहीं बोली।

कपड़े फैलाकर अपने कमरे में चली गयी। बिस्तर पर औंधी लेटी रही। उसके पिताजी ने थोड़ी देर बाद बाज़ार से लौटकर पुकारा—"मिंटू⋯मिंटू !" मिंटू उठी नहीं।

उठे कैसे ? उसके पेट में असह्य दर्द नहीं हो रहा था क्या ?

भवेश के यहाँ से निकलकर सौम्य और ब्रतती बगल-बगल चलते-चलते रुक गये। सौम्य ने पूछा, "तुम्हें घर लौटने की बहुत जल्दी तो नहीं है ?"

ब्रतती ने उसकी तरफ़ देखकर कहा, "मेरी बात तो जानते ही हो। घर में कोई भी देर से लौटने पर मुझे डाँटता नहीं है। केवल खामोश निगाहों से भर्त्सना करते हैं।"

सौम्य मुस्कराया।

"इसके मतलब डाँट से कहीं ज़्यादा भयंकर होती है यह भर्त्सना। है न ?"

"शायद ! ख़ैर⋯बात क्या है ? रुके क्यों ?"

"बात कुछ ख़ास नहीं। सोच रहा था कहीं बैठकर एक कप चाय पीते तो सचमुच अच्छा लगता।"

"यहाँ कहाँ पीओगे ?"

"यहाँ नहीं। थोड़ा चलते हैं।"

ब्रतती बोली, "चलो।"

चलते-चलते सहसा सौम्य बोल उठा, "भवेशदा का केस तुम जानती हो ब्रतती ?"

सौम्य की आवाज़ में उदासी थी।

वही उदासी के चिह्न ब्रतती के चेहरे पर, आवाज़ में भी स्पष्ट थे। बोली, "अनुमान लगाकर समझ सकी हूँ।"

"और वह हैं कि इस बीमारी को फूँक मारकर उड़ा देना चाहते हैं।"

ब्रतती बोली, "मुझे लगता है भवेशदा ठीक से समझे नहीं हैं, इसीलिए उसे इतना महत्त्व नहीं देना चाहते हैं।"

सौम्य हँसा। बोला, "हन्ड्रेड पर्सेण्ट समझे हैं। और यह भी जानते हैं कि कैंसर को दबाने की कोशिश की तो और भड़क उठेगा। इसीलिए उसके साथ छेड़छाड़ न करके अपना काम करते रहना चाहते हैं।"

"लेकिन सौम्य, फर्स्ट स्टेज में पकड़ में आ जाये तो···"

"वह सब फुसलानेवाली बातें हैं, ब्रतती। फर्स्ट स्टेज में तो पकड़ ही में नहीं आता है···कोई भी लक्षण नहीं पकड़ में आते हैं। और जब पकड़ में आते हैं तब कुछ करने को बाक़ी नहीं रहता है।"

"भवेशदा को कभी ऐसा होगा, मैं तो सोच भी नहीं सकती थी।"

"इसके बाद किस तरह काम आगे बढ़ सकेगा ?" उदास होकर सौम्य ने लम्बी साँस छोड़ी।

"फिर भी चलाना होगा। हमारे देश में ज़्यादातर काम एक ही इन्सान पर निर्भर होता है इसीलिए उसके मरते ही प्रतिष्ठान भी मर जाता है।"

धीरे से ब्रतती बोली, "सबके भीतर आग कहाँ होती है ? वे दूसरों की आग से आलोकित होते हैं। उतनी ही उनकी कर्मशक्ति होती है।"

सौम्य बोला, "शायद।" फिर बोला, "अब चाय पीने की इच्छा नहीं हो रही है लेकिन तुम्हें बुरा तो नहीं लगेगा ?"

ब्रतती हँस दी, "अवश्य ही चाय का प्रस्ताव मेरी ओर से नहीं आया था।"

"तब फिर चला जाये ?"

"नहीं, कहीं बैठना सम्भव भी नहीं।"

"कभी कहीं दो युवक-युवती को पास बैठा देख लिया तो हज़ारों निगाहें उठ जाती हैं। इससे कहीं ज़्यादा निश्चिन्तता रहती है भीड़ के बीच बग़ल-बगल चलने में।"

"आश्चर्य की बात है न ?"

"यह तो नारी-मुक्ति का समय है। स्त्री-पुरुष साथ-साथ काम कर रहे हैं। फिर भी दो नर-नारी एकत्र हुए नहीं कि ग़ैर तो ग़ैर, स्वयं को ही अजीब-सा लगने लगता है।"

चलते-चलते बस रूट पर आ गये।

ब्रतती ने पूछा, "क्या करोगे ? और चलोगे ?"

"नहीं, रहने दो। चलो बस पकड़ते हैं।"

यह बस ब्रतती के घर तक जाती है, सौम्य का भी थोड़ा रास्ता कवर हो जाता है।

चढ़े।

दोनों को खड़े रहना पड़ा यद्यपि अगल-बगल नहीं। ब्रतती कब लोगों की दीवार भेदकर उतर गयी, सौम्य देख भी नहीं पाया।

"तो क्या इसी तरह से चलता रहेगा ?" पूर्णेन्दु की पत्नी अलका ने देखा और चुपचाप वहाँ से चली गयी।

ब्रतती बोली, "शायद ज़्यादा दिनों तक नहीं चलेगा।"

"इसके मतलब ?"

"मतलब कुछ नहीं। माँ कहाँ हैं ?"

"माँ कहाँ जायेगी ? उनके पास तो पतितोद्धार का काम नहीं है।"

अलका कमरे में चली गयी।

ब्रतती माँ के कमरे में अर्थात् अपने और माँ के कमरे में आयी। देखा, माँ मुँह फुलाये गुमसुम बैठी हैं।

लड़की को देखकर भी कुछ नहीं बोलीं।

ब्रतती ने भी कुछ नहीं कहा, सीधे नहाने चली गयी।

देर तक शरीर पर पानी डालने के बाद जब निकली तब मन और शरीर दोनों ही तरोताज़ा और स्निग्ध लग रहे थे।

आकर देखा, माँ तब भी वैसी ही बैठी हैं।

बोली, "माँ, बहुत नाराज़ हो ?"

दरवाज़ा खोलकर एक बार ब्रतती के चाचा पूर्णेन्दु ने देखा। किसी तरह की बात नहीं की। 'अवलोकन करने' की तरह एक बार भतीजी को आपादमस्तक देखने के बाद 'अबाटटर्न हुए और कमरे में चले गये।

अपने कमरे में आते-आते ब्रतती ने चाची की आवाज़ सुनी, "आज तो फ़िर भी जल्दी आयी है जी।"

हड्डियाँ सुलग उठने के लिए इतना काफ़ी था। लेकिन इतनी-सी बात पर हड्डियाँ सुलगायी जायें तो अब तक ब्रतती की हड्डियाँ जलकर राख हो चुकी होतीं।

अपना कमरा माने माँ का कमरा। जिसको वर न मिले उसे कमरा क्या मिलेगा ?

वर नहीं कमरा नहीं। पढ़ती थी जब तक अपने कमरे के नाम पर एक पढ़ने का कमरा था। इस समय उस पर चचेरे भाई-बहनों का अधिकार है। वे उसी कमरे में पढ़ते हैं। हर शाम मास्टर पढ़ाने आते हैं।

हालाँकि उस समय चाची ने दीवारों को सुना-सुनाकर कहा ज़रूर था, "घर में जीती-जागती स्कूल की बहनजी के होते हुए भी तनख्वाह देकर मास्टर रखना पड़ रहा है। इसी को भाग्य कहते हैं।"

बात-बात पर भाग्य को कोसना चाची की हॉबी है।

हाँ, ब्रतती एक स्कूल में पढ़ाती है। परन्तु बाकी बचा समय तो उसने भवेशदा की समिति को समर्पित कर दिया है। फिर उन्हें पढ़ाकर सुख मिल सकता है कभी ? जब वे छोटे थे तब कोशिश की थी परन्तु चचेरी बहन इतनी शैतान थी कि पाठ याद भी नहीं करती थी और टें-टें करके रोती हुई जब-तब चाची के पास पहुँच जाती। कहती, "दीदी मारती है।"

इस पर भला स्नेहमयी माँ कैसे चुप रहतीं ? कह दिया, "रहने दो, तुम्हें पढ़ाने की ज़रूरत नहीं है।"

यह मकान दादा का बनवाया था इसलिए ब्रतती के बाप-चाचा का इस पर समान हक़ होना स्वाभाविक बात थी।

ब्रतती के बारह साल की उम्र तक उसकी दादी भी ज़िन्दा थीं। उस समय तक रसोई भी एक ही थी। एक बड़ी-सी बटुई में पूरे घर का भात पकता था।

ख़ैर, वह तो एक युग पुरानी बात है। अब ब्रतती छब्बीस साल की है।

दादी के मरते ही वह बड़ी बटुई माँज-धोकर ऊँचे ताखे पर रख दी गयी। क्योंकि चाचा ने एक दिन आकर ब्रतती के पिताजी से कहा, "भइया ! मैं सोचता हूँ खाना सेपूरेट बनाया जाये तो ठीक रहे।"

भइया का मुँह खुला का खुला रह गया, "खाना सेपूरेट ?"

"हाँ-हाँ। इसमें आश्चर्य की क्या बात है ? ऐसा कहीं कभी देखा नहीं है क्या ? घर में आजकल जैसा ख़ाना बन रहा है उसमें प्रोटीन की मात्रा तो कुछ खास रहती नहीं है। पेड़-पौधों की संख्या ही अधिक रहती है। इसके अलावा तेल, मसाला, मिर्च तो पड़ता ही नहीं है। कोई कहाँ तक मरीज़ों जैसा खाना खा सकता है ?"

भइया फिर भी कातर भाव से बोले थे, "तो तू अपनी भाभी से कहता क्यों नहीं है कि खाना बढ़िया बनाये ? ...अच्छा रहने दे मैं ही कह देता हूँ..."

चाचा बोले, "रहने दो उसका कोई नतीजा नहीं निकलेगा। अलका ने भी जनता

स्टोव वगैरह सब मँगवा लिया है।"

तब से दादी के समय के निरामिष रसोईघर में ब्रतती लोगों का खाना बना करता है। ब्रतती अपने लिए मछली नहीं पकाने देती है माँ को। पेड़-पौधे खाकर माँ-बेटी मज़े से रह रही हैं।

माँ बार-बार टोकती हैं तो ब्रतती कहती, "अरे माँ, मन करेगा तो बाहर खरीदकर खा लूँगी। खाती भी तो हूँ। टिफिन के वक़्त चाय के साथ उबला अण्डा लेती हूँ। परन्तु यह किसने कह दिया कि पेड़-पौधों में प्रोटीन नहीं हैं ? समझ-बूझ कर खाया जाये तो ढेरों प्रोटीन खायी जा सकती है।"

लेकिन लड़की बिन ब्याहे घर में बैठी रहे, माँ के साथ घास-पात खाये यह किस माँ को अच्छा लगता है ?

ब्रतती कहती, "हर लड़की की ज़िन्दगी क्या एक ही ढाँचे में ढला होना ज़रूरी है माँ ? क्यों हम लोग मज़े में नहीं हैं क्या ?"

"मैं क्या ज़िन्दगी भर बैठी रहूँगी ?"

"तब तक तो मैं भी बूढ़ी हो जाऊँगी। अकेले रह सकूँगी। घर से तो निकालने का कोई डर है नहीं।"

ब्रतती ने कमरे में आकर देखा, माँ खिड़की की तरफ़ मुँह किये एक स्टूल पर बैठी है।

कमरे में घुसते ही बोली, "माँ, बेहद भूख लगी है।"

ब्रतती को पता है माँ का क्रोध शान्त करने की यह अचूक दवा है।

लेकिन आज न तो माँ खिड़की के पास से उठीं, न बोलीं।

माँ के पास आकर बोली, "लगता है माँ, तुम आज खपचूरियस हो ? शायद 'छोटे तरफ' ने खूब रुई धुनी है।"

अब माँ ने इधर मुँह घुमाया। बोली, "अगर रुई धुनी भी है तो तुम्हारे गुणों के कारण। तुम बिनब्याही लड़की देर रात तक घूमा करोगी···"

"माँ", ब्रतती ने शान्त स्वर में कहा, "तुम जानती नहीं हो मैं कहाँ जाती हूँ ?"

"मेरे जानने से क्या होता है ?" माँ हताश स्वर में बोलीं, "वे लोग इसी बात को लेकर हँसी-मज़ाक करते हैं। कहते हैं लड़की पतितोद्धार कर रही है।"

"क्या करें ! कौन परवाह करता है ? तुम क्यों केयर करती हो ?"

"एक ही घर में रहते हैं···परवाह किये बगैर काम चलता है ?"

"यही सोच क्यों नहीं लेती हो कि वह बगल वाला फ़्लैट है।

"वाह ! खूब ! ऐसा सोचने से कुछ होता है ? एक साथ रहते हैं···'

"एक साथ ? किस मामले में साथ है यह ज़रा बताना, माँ। उनकी रसोई अलग, बाज़ार अलग, बर्तन माँजनेवाली अलग, धोबी अलग, राशनकार्ड अलग, यहाँ तक कि अखबारवाला अलग। फिर कैसा एक साथ ?"

ब्रतती का कहना ठीक था।

पूर्णेन्दु ने धीरे-धीरे सब कुछ अलग कर दिया था। यद्यपि पूर्णेन्दु होता कौन है ? वह तो कठपुतली मात्र है।

ब्रतती अच्छी तरह से जानती है कि इसके बावजूद माँ उसके साथ सम्बन्ध नहीं तोड़ सकती हैं। माँ के हृदय से पुराने चित्र मिटे नहीं हैं। माँ चाचा के बच्चों से बात किये बगैर रह नहीं सकती हैं। यह देखकर भी कि वे उत्तर देना नहीं चाहते हैं।

अगर चाचा किसी वज़ह से बात कर लेते हैं तो माँ कृतार्थ हो जाती हैं। वैसे बात भी नितान्त वैषयिक होती है। मकान का टैक्स जमा करना हुआ तो या बिजली का बिल चुकाने के समय आधा पैसा लेना हुआ तो बोलना ही पड़ जाता है।

असल में माँ उन्हें चाहती हैं। वे लोग कितना भी बुरा व्यवहार क्यों न करें माँ अपने को 'कट ऑफ' नहीं कर पाती हैं।

आज भी व्रत-उपवास के मौकों पर माँ देवरानी को बुलातीं, "अलका, तुम अलग से शुद्धाचार से क्यों खाना बनाओगी, मेरे यहाँ तो हमेशा ही शुद्धाचार है। आज यहीं तुम लोगों का भी बना लूँ ?"

अलका कहती, "वह मैंने बना लिया है।"

फिर भी माँ आवाज़ लगातीं, "अलका, आओ मंगलचण्डी की कथा सुन जाओ।"

अलका कहती, "वह मैंने सुबह ही व्रतकथा की किताब से पढ़ ली है।"

माँ कहती, "अलका ! देबू कह रहा था तुम्हें बुखार आया है ? तो फिर रात की रोटी मैं बना दूँ ?"

इस प्रश्न का उत्तर देने चाचा बाहर निकल आते, "वह कह रही हैं काम करने वाली से सिंकवा लिया है।"

"अरे, इतनी जल्दी कब कर गयी ? ख़ैर ! सुबह जल्दी से तुम्हारे दफ़्तर के लिए खाना बनाने न बैठना। मुझे तो तूतू के लिए करना ही रहता है।"

"सुबह की चिन्ता सुबह की जायेगी, भाभी। तुम्हें उसमें सिर खपाने की ज़रूरत नहीं है।"

कमरे के अन्दर बैठी ब्रतती उनके लौटने पर दोनों हाथ जोड़कर सिर से छुला लेती, "नमस्ते माँ। सिर्फ़ माँ हो इसलिए नहीं, महीयसी महिला हो इसलिए भी।" माँ अप्रतिभ होतीं।

कहतीं, "चुप रह। वक़्त-बेवक़्त अड़ोस-पड़ोस के काम आया ही जाता है।"

"काम आने दें तब न ? वे तुम्हारा ऑफर स्वीकार करते हैं क्या ?"

"करेंगे कैसे ? तेरी चाची जो गर्व से चूर-चूर है !"

ब्रतती मन-ही-मन हँसती। माँ के लिए उसे दुःख भी होता। जब कि सुनीला ऐसे 'ऑफर' यथासम्भव ब्रतती के पीठ पीछे पेश करती है। लेकिन हर समय तो यह

सम्भव नहीं है न ?

ब्रतती बोली, "मेरी तो भूख मर गयी।"

अब सुनीला उठी।...

कभी-कभी ब्रतती सोचती है अगर यह मकान दादाजी ने बनवाया होता, अगर किराये का मकान होता तो माँ को लेकर कहीं और चली जाती। रिश्तेदारों के बीच रहने से बेहतर है ग़ैर-रिश्तेदारों के साथ रहना।

ब्रतती को याद नहीं आता, कब से ऐसा हो गया। बचपन में चाचा के गले की हार थी वह। उसे जो कुछ माँगना होता, जो ज़िद करनी होती सब चाचा से। पिताजी से ज़्यादा वह चाचा को अपना समझती थी।

आश्चर्य ! इन्सान कैसे इतना बदल जाता है ?

फिर मन-ही-मन हँसी। लेकिन सब इन्सान कहाँ बदलते हैं ? जैसे माँ।

रात को सुनीला बगलवाली खाट पर लेटी लड़की को छूकर बोली, "तो फिर तू शादी-वादी नहीं करेगी ?"

"बड़ी मुश्किल है। नींद के मारे मेरी हालत ख़राब है और तुम हो कि...सोने दो न बाबा ?"

"जब भी कहती हूँ तू बात टाल देती है। ज़रा साफ़-साफ़ बता तो दे। शादी किये बगैर ज़िन्दगी कटेगी ?"

"बड़े आश्चर्य की बात है ? कभी भी नहीं करूँगी ऐसी भीष्म प्रतिज्ञा मैंने कब की है ?"

"ऐं ! सच कह रही है ?" माँ हड़बड़ाकर उठ बैठीं...लगभग आर्तनाद कर उठीं, "सच कह रही है ? मुझे छू कर कह !"

"मैं छूने-छुलाने में विश्वास नहीं करती हूँ, माँ। क्या यह शादी अभी इसी रात करनी है ? वर रेडी है ? लग्न भी है ? पुरोहित, नाऊ, आरती की थाल...सब है तैयार ?"

माँ ज़रा-सा कौतुकपूर्ण स्वर में बोली, "इसी रात को न सही—वर है। बाप रे ! तू ऐसी बातें करती है...तो सुन, अलका की एक ममेरी बड़ी बहन का लड़का है। बी॰कॉम॰ पास है। नौकरी की तरफ गया नहीं, सीधे बिजनेस करने लगा है। और तीस-इकतीस साल की इस उम्र में तेरे शब्दों में 'भयंकर उन्नति' कर ली है। कहते हैं घर का नक्शा ही बदल डाला। फ्रिज, रंगीन टी॰वी॰, टेलीफोन— पहले शायद मोटर वाइक थी—अब हाल ही में कार ख़रीद ली है। खूब मातृभक्त है। ऐसा

कोई काम नहीं करता है जिससे माँ को दुःख पहुँचे। हर समय यही कोशिश रहती है कि माँ को हर तरह का आराम मिले। बेचारी ने सधवा रही तो एक अच्छी साड़ी नहीं पहनी, अब लड़का महँगी-महँगी साड़ियाँ ला-लाकर माँ को पहना रहा है। कार खरीदकर सबसे पहले माँ को बिठाया और कालीघाट ले गया।"

ब्रतती समझ गयी, आज 'छोटे तरफ़' वाली ने 'बड़ी तरफ़' वाली से काफ़ी वार्तालाप किया है। इसीलिए आज माँ का चेहरा इतना उज्ज्वल लगा था।

मन-ही-मन हँसने पर भी चेहरे पर निरीह भाव लाते हुए बोली, "अरे बाप रे ! तब तो मानना ही पड़ेगा 'जबरदस्त क़िस्म का वर' है ! ऐसे लड़के को तो आधा राज्य और पूरी राजकन्या मिलनी चाहिए ! बेचारी सुनीला सेन की भिखमंगी लड़की का ऑफर क्यों ?"

माँ नाराज़ होकर बोलीं, "बात करने का ढंग देखो लड़की का ? इसमें भिखमंगी होने की क्या बात है ? मैं देख रही हूँ क्रमशः तेरा मन कुटिल हुआ जा रहा है। अलका की ममेरी दीदी ने तुझे कितनी बार तो देखा है···उसे तू अच्छी लगी है। फिर उसने कहा है तुझ जैसी मातृभक्त लड़की को घर की लक्ष्मी बनाकर ले जायेगी तो उसका लड़का कभी नहीं बिगड़ेगा।"

"क्या ? अलका ने तुमसे ऐसा कहा ?"

"अहा, अलका क्यों कहेगी, कहा तो है उसकी दीदी ने। पर हाँ तेरी घमण्डी चाची को मान-सम्मान गँवाकर बताना पड़ा है।"

ब्रतती समझ गयी कि दीदी के कहने की वज़ह से ही घमण्डी चाची को कितना नीचे उतरना पड़ा होगा।

माँ बेटी की चुप्पी को 'सम्मति का लक्षण' मानकर उत्साह से भरकर बोलीं, "देख लेना, यह शादी हो जाने पर तेरे चाचा-चाची का मन भी पिघलेगा। फिर आयेंगे मेलजोल बढ़ाने। हुँ ! स्वार्थ है ही ऐसी चीज़। इस शादी के लिए भी लाख बार बातें करनी पड़ेंगी। क्यों, क्या कहती है तू ?"

ब्रतती अँधेरे कमरे में भी माँ का आलोकित चेहरा देखने का प्रयास करती है। एक दीर्घ श्वास छोड़ते हुए बोली, "मुझे तुम्हारे लिए बड़ा दुःख होता है माँ···और अपने लिए भी।"

"अरे ! यह कैसी बातें कर रही है ?" सुनीला थूक गटकते हुए बोलीं।

"इसमें दुःख की क्या बात है ?"

"तुम नहीं समझोगी, माँ। पर मैं समझती हूँ कि सिर्फ़ मुझसे तुम्हारा मन नहीं भरता है।"

सुनीला बुद्धू है। फिर भी···

सुनीला ठिठकीं। मन-ही-मन बोलीं, "मैं क्या तेरे मन की थाह पा सकती हूँ बेटी ? उन्हें तो तब भी समझना आसान है···तुम्हें तो समझ ही नहीं सकती हूँ। मुझसे

ऐसे बातें करती है जैसे किसी बच्चे को बहला रही है। और वें लोग बराबरी से बातें करते हैं।"यह मैं समझती हूँ फिर भी वे मुझे एक समूचा इन्सान तो मानते हैं।"

परन्तु सुनीला ने अपने को सँभाल लिया।

हताश होकर बोलीं, "लड़की सयानी हो जाती है तो माँयें शादी की बात करती ही हैं। उस पर अगर कोई खुद रिश्ता ले आये तो इन्कार क्यों करूँ ? ठीक है। मैं कह दूँगी कि लड़की शादी के लिए तैयार नहीं।"

माँ दीवाल की तरफ़ करवट बदलकर लेट गयी।

ब्रतती ने हाथ बढ़ाकर माँ का आँचल खींचा और हँसकर बोली, "अभी कल या परसों ही तो रुई धुनी गयी थी"ये सब प्रेम की बातें कब कीं ?"

इसी को सुनीला 'बच्चे बहलाने' जैसी बात कहती हैं।

सुनीला चुप रहीं।

चुप न रहें तो क्या करें ? कुछ कहने चलेंगी तो रो न पड़ेंगी ?

अलका ने जब से खुद-ब-खुद आकर शादी की बात की थी, मन-ही-मन बेचारी ने रंगीन तस्वीरें बनाना शुरू कर दिया था।

पति को धकेलकर कंकना की एडवोकेट सहेली के घर ले आयी चैताली। अपने को चाहे कितनी स्मार्ट समझे, मार्केटिंग के अलावा हर जगह पति के साथ रहने से अपने को सुरक्षित पाती है। साथ ही साथ जब कभी पति को साथ चलने को कहती तभी चैताली एक कार के अभाव का रोना ज़रूर रो लेती। एक कार रहती तो चैताली किसी की परवाह करती क्या ? जिन रास्तों को ठीक से जानती नहीं है वहाँ अकेली टैक्सी पर भी तो नहीं जा सकती है। ज़माना ख़राब नहीं है क्या ? कंकना की सहेली घर पर नहीं है सुनकर दिव्य ने चैन की साँस ली।

बाबा"जान बची।

यद्यपि चैताली खिन्न हुई—एक देखनेवाली चीज़ के दर्शन-सुख से वंचित हो गयी।

परन्तु खुद कंकना क्या कम दर्शनीय थी ?

पहने थी सलवार कुर्ता"अँगुलियों के बीच जलती सिगरेट।

चैताली ने मुग्ध दृष्टि से देखा। ज़रा दिव्य भी देख ले लड़कियाँ भी फ्रेंक और फ्री हो सकती हैं ! जब पीना ही है तब पुरुषों के मुँह पर धुआँ छोड़ते हुए ही पियेंगी।

कंकना ने किया भी वही।

मुँह में भरा धुआँ बाहर फूँकते हुए बोली, "आ। मैं जानती थी तू आये बगैर

नहीं रह सकेगी। ···अरे मिस्टर, आइए, आइए —क्या ख़बर है ?"

दिव्य मुस्कराया, "ख़बर तो आप ही के पास है।"

"हा हा···कह तो ठीक ही रहे हैं। 'कबर' से निकलकर 'खबर' बन गयी हूँ इसमें क्या शक़ है। बैठिए। ओ हाँ, एक बात बता दूँ, अब गेस्ट को एण्टरटेन नहीं कर सकूँगी क्योंकि घर मेरा नहीं है।"

चैताली जल्दी से बोली, "अच्छा, ठीक है। यूँ ही कौन चाय के लिए मर रहा है।'

कंकना मन ही मन बोली, 'मरती भी तो भी मिलती नहीं। घर की मालकिन इस मामले में बहुत होशियार है। भण्डारगृह की चाभी अपने पर्स में डालकर ले जाती हैं।'

चैताली ने पहल करते हुए कहा, "कंकनादी, हमारे तीन कुल में तुम ही शायद पहली महिला हो जिसने ऐसा साहसपूर्ण कदम उठाया है।"

"शायद क्या, निश्चित कह। हमारे तीन कुल में किसी में प्रगति की छाप देखी है ? इसी अपराध के कारण माँ मेरा मुँह नहीं देखती हैं। मौसी अर्थात् तेरी माँ ने भी तेरी छोटी बहन वैशाली को कड़े आदेश दिये हैं–ख़बरदार मुझसे मिलने की कोशिश न करे। यहीं, सामने से तो कॉलेज जाती है। ताज्जुब है, लड़कियों को पढ़ना-लिखना सिखलायेंगे, बाहर जाने देंगे, वैसे न चाहें तो भी मज़बूर होकर जाने देंगे परन्तु चाहेंगे कि उसके मनोभाव न बदलें···वही आदि काल के विचारों के साथ वह पलकर बड़ी हो जाये।" कंकना ने बुझती सिगरेट में जल्दी-जल्दी दो कश खींचे।

दिव्य बोला, "चैताली, अगर अकेली लौट सको तो जब तक मर्ज़ी बैठो, मुझे ज़रा काम है।"

"बेकार की बात मत करो। तुम्हें इस वक़्त क्या काम है ?"

"वाह ! क्या काम नहीं रह सकता है ?"

"नहीं ! नहीं रह सकता है। ऐसा कोई काम है ही नहीं जिसे मैं न जानती हूँ।"

"अरे भई···मैं यहाँ बैठे-बैठे छन्दपतन ही करूँ क्यों ? तुम दोनों बैठकर जी भरकर बातें करो। इसी पार्क सर्कस में नीरू का घर है न ! यहाँ तक आया हूँ तो उसके यहाँ भी हो आता हूँ।"

अकेले लौटना चैताली को बुरा लगता है। फिर लगता है कंकनादी के सामने उसकी पोजीशन नष्ट हो रही है। क्या उसका पति उसे ज़रा समय नहीं दे सकता है ?

बोली, "अपने नीरू-फीरू की बात छोड़ो। मैं जब तक बैठी रहूँगी तुम भी तब तक रहोगे।"

कंकना ने दूसरी सिगरेट सुलगाते हुए कहा, "गुड बॉय के लिए यह सब तो है

नहीं···क्या करेंगे ? चैताली में तो कोई कैपेसिटी ही नहीं है। इतने दिनों में भी आपको इन्सान न बना सकी। ठीक है। बुद्धू की तरह बैठे रहिए। फिर हमारे बीच ऐसी कोई सीक्रेट टॉक भी नहीं होगी जिसे आप सुन नहीं सकते हैं। चैताली को मैं अपनी सहेली वह्निशिखा से सुनी केस हिस्ट्री सुनाऊँगी। बेरी इण्टरेस्टिंग। कैसे धीरे-धीरे मन बदलने लगता है और उसके बाद कैसे···"

अर्थात् अब कंकना बहन को कुछ 'शादी टूटने' की कहानियाँ सुनायेगी।

दिव्य मन-ही-मन बोला, 'तुम लोगों की निगाहों में तो इन सबके नायक 'विलेन' होंगे। मतलब चैताली को काफ़ी विषैला बना दिया जायेगा।'

परन्तु वह करे क्या ?

उसके लिए तो इतना भी सम्भव नहीं कि कहे, "चलो, चलो। बहुत देर हो गयी है।"

क्यों ? क्यों चैताली की किसी बात का विरोध नहीं कर पाता है दिव्य ? दिव्य की हर बात का विरोध चैताली कर सकती है पर वह···दिव्य की समझ में यह बात आती ही नहीं है।

दोपहर बीत रही थी। घर के पश्चिमी भाग पर धूप अभी तक फैली थी लेकिन पूरब की तरफ़ मनोरम हो गया था। बढ़िया ठण्डी हवा भी चल रही थी। आँगन के बड़े वृक्ष के नीचे स्निग्ध शान्ति व्याप्त थी।

इसी तरफ़ लाबू की रसोई है, भण्डारगृह है। कुआँ भी इधर ही है। कुएँ का किनारा अभी-अभी सीमेण्ट से पक्का करवाया है। चौड़ा साफ़-सुथरा चबूतरा सबका ध्यान आकर्षित करता है। यूँ भी लाबू का हाथ लगते ही हर चीज़ चमकने लगती है। कुएँ का किनारा तक हर समय सूखा रहता है।

लाबू की आदत है सब काम पहले से ही करके रख देने की। इस समय इसीलिए विशेष कुछ करना नहीं था।

लाबू का चेहरा कुछ उतरा-सा था। दो दिन पहले तक ऐसी बात नहीं थी। वह अपने को खूब सुखी समझती थी लेकिन दो ही दिन में सब कुछ बदल-सा गया था। लड़के के भावान्तर ने उसे चिन्ता में डाल दिया था। विचलित थी।

मिंटू को देखने आयेंगे सुनते ही लड़के में जाने कैसा बदलाव आ गया। तब क्या लाबू को यह बात पहले ही समझ लेनी थी ? अवश्य समझ लेनी थी। लेकिन लाबू का तो उधर ध्यान ही नहीं गया था। ध्यान न देने का शायद कारण था। वे दोनों इतने सहज ढंग से बातचीत करते, हँसी-मज़ाक, छेड़छाड़ करते, उनका ऐसा

स्वच्छ व्यवहार था कि इधर ध्यान देने का प्रश्न ही नहीं उठा।

लाबू ने सोचा लड़का खुद भी नहीं समझा होगा—अपने मन की उसे ख़बर ही नहीं होगी। इस समाचार ने उसके मन को झकझोर कर जता दिया होगा। लेकिन अब क्या किया जाये ?

क्या लाबू अपने पड़ोस के रिश्ते के सम्मानित जेठ-जिठानी के आगे आँचल फैला दे ?

वैसे बेटे के लिए लाबू सब कुछ कर सकती है। वरना प्रवास भाई को पत्र क्यों लिखती ?

परन्तु क्या आँचल फैलाते ही भिक्षा मिलेगी ?

फिर अरुण से पूछे बगैर वह जा भी तो नहीं सकती है।

अगर वह नाराज़ हो जाये ? अगर कह बैठे, 'तुम अपने आत्मसम्मान को दाँव पर लगाने गयी क्यों थीं ? है तुम्हारा बेटा उनका दामाद होने लायक ?'

और फिर···इसी मोहल्ले में इतने चिर-परिचित घर में शादी···क्या सबको पसन्द होगा ? कहीं पड़ोसी कोई गम्भीर कारण न ढूँढ़ने बैठ जायें ?

सोच-सोचकर लाबू का जी घबराने लगा।

लड़के को लाबू ने प्यार किया था, उससे डरती नहीं थी। लेकिन सहसा बेचारी के मन में डर के भाव पैदा हो गये थे। मन ही मन कितना कुछ सोचे बैठी थी। ज़रा और ठीक-ठाक कर लेती तो उससे शादी की बात कहती। लड़की ढूँढ़ने के लिए लोगों से कहती। एक नम्र, शान्त सुन्दर बहू घर ले आती···उससे प्यार करती, उसका ध्यान रखती। कहती, 'मेरी गृहस्थी में तुम्हें अभी से जुटने की कोई ज़रूरत नहीं है बेटी···बस मेरे बेटे का ध्यान रखना सीख लो।'

लाबू अपनी बहू से ईर्ष्या तो करेगी नहीं···उसे डाँट-डपट भी करने का प्रश्न नहीं उठता है। लाबू ऐसी ही बातें सोचती आ रही थी···इस आकस्मिकता के लिए वह प्रस्तुत नहीं थी।

रह-रहकर ठण्डी हवा शरीर से छू जा रही थी···शीतल हुआ जा रहा था शरीर। लेकिन मन ?···आज अगर लाबू की एक लड़की होती···हाय-हाय, अपना हृदय खोलकर रख देती उसके आगे।

तभी लाबू की निगाह एक लड़की पर पड़ी।

इस तरफ़ के मकान सब ऐसे ही बने हैं। सामने का सदर दरवाज़ा खूब मज़बूत और हर वक्त बन्द। लेकिन घर के पिछवाड़े की ओर, जिधर आँगन है, कुआँ है, बागीची है, रसोई और भण्डार है, उधर एक साधारण-सा बाँस का बेड़ा है। नाम मात्र का एक फाटक ईंट की दीवार से टिका हुआ है। वह भी सिवाय रात के दिन भर खुला ही रहता है। अतएव कोई भी, कभी भी आँगन के इस फाटक से घुस सकता है।

और सब घरों में तो नल भी है लेकिन लाबू के ससुर घर पर नल लगवाने से पहले ही चल बसे थे। किसी तरह से बिजली ले पाये थे···बस।

लेकिन इतना ज़रूर है, नल न होने के कारण असुविधा ज़रा भी नहीं होती है। बृजरानी दोनों वक़्त आकर कुएँ से पानी खींचकर पलक झपकते दोनों हौदियाँ और जहाँ जितनी बाल्टियाँ, घड़े, मटके हैं, सब भर-भराकर रख जाती है।

पर इस समय कौन आया ?

जो आया उसे देखकर लाबू हड़बड़ा उठी। जबकि उसका आना कोई नया नहीं।

जब-तब आया करती है।

लाबू के पास ही, कुएँ के चबूतरे पर बैठते हुए मिंटू बोली, "आपके यहाँ पर बहुत अच्छी हवा है, चाचीजी।"

लाबू बोली, "हाँ री। तभी तो चुपचाप बैठे-बैठे हवा खा रही हूँ। तू इस समय कैसे निकल पड़ी ?"

"यूँ ही···चली आयी।"

उठकर मिंटू ने चम्पा के दो फूल तोड़े और बोली, "ये फूल कितने सुन्दर हैं!"

"और तोड़ ले न !"

"नहीं, पेड़ पर ही ज्यादा अच्छे लग रहे हैं।"

"घर का क्या हाल-चाल है ?"

"हाल-चाल नया क्या होगा ? माँ का बादी का दर्द बढ़ा है।"

"जाड़ा तो कम हो गया है तब क्यों दर्द बढ़ा ?···देखते-देखते वक़्त बीत जाता है। पिछले फागुन में अरुण की नौकरी लगी थी···घूमकर फिर फागुन आ गया।"

और कोई समय होता तो मिंटू अरुण का प्रसंग चालू रखती, 'बिल्कुल डेली पैसेंजर वाला बाबू हो गया है अरुणदा। हमारे घर के सामने ही से तो लौटता है।'

आज मिंटू ने ये सब कुछ नहीं कहा।

हाथ में पकड़े दोनों फूलों को देखती रही।

लाबू ने पूछा, "चाय पीएगी ?"

"न !"

"क्यों री ? मैं तो थोड़ी देर बाद में बनाती ही।"

"तो क्या हुआ ? यहाँ इतना अच्छा है···बैठे रहना अच्छा लग रहा है।"

लाबू बोली, "लो सुनो लड़की की बात···घर तो तेरा इतना सुन्दर है !"

लाबू को लगा मिंटू कुछ कहना चाह रही है।

और सचमुच मिंटू वही कह बैठी—

"है तो क्या फ़र्क पड़ता है···घर से बिदा तो कर देंगे।"

"ओह ! तो मन उदास है शादी के नाम पर।"

बोली, "लड़की जात हो···घर में तो रखी नहीं जा सकती हो, बेटी।"

एकाएक मिंटू उठकर खड़ी हो गयी। बोल उठी, "तो भी हज़ारों मील दूर उठाकर पटक देने का भी कोई माने नहीं होता है। आसपास भी रखा जा सकता है···ये वे लोग सोचते ही नहीं हैं। माँ भी नहीं, चाची भी नहीं। अच्छा, मैं जा रही हूँ।"

लाबू ने हाथ बढ़ाकर उसका हाथ पकड़ लिया। गाढ़ी आवाज़ में धीरे से पुकारा, "मिंटू !"

मिंटू कुछ नहीं बोली। चम्पा के पेड़ की तरफ़ गर्दन घुमाये देखती खड़ी रही।

लाबू बोलीं, "मिंटू ! मुझमें इतना साहस क्या होगा बेटी ?"

फिर भी मिंटू ने उत्तर नहीं दिया।

और कितना क़हे ? भयंकर गुस्से से भरकर चली आयी थी। सोचा था, "ठीक है, अरुणदा। अगर ये बात मेरे कहने की है तो मैं ही कहने आयी हूँ।"

और धीरे से लाबू बोलीं, "मेरा ग़रीब का घर है, बेटी।"

"ग़रीबी की इसमें क्या बात है ? छोड़िए, मैं जाऊँ।"

लाबू ने हाथ नहीं छोड़ा। बोलीं, "बैठ। ज़रा बैठ तो।" फिर बोलीं, "माँ लक्ष्मी स्वयं घर में आ जाये तो कोई ग़रीब नहीं रह जाता है लेकिन अगर मैं दीदी से जाकर भिक्षा माँगूँ साफ़ इनकार तो नहीं कर देंगी ?"

गर्दन उसी तरफ़ घुमाये रही मिंटू, "मुझे यह सब नहीं मालूम। मैं जा रही हूँ।"

लाबू बोलीं, "ठीक है ! तुझे जानने की ज़रूरत नहीं है।" हाथ छोड़ दिया उन्होंने।

मिंटू बोली, "मैं लेकिन अपनी एक सहेली के घर गयी थी—इम्तहान का एडमिट कार्ड कब मिलेगा यह जानने। याद रहेगा न ?"

लाबू ने हँसकर उसका सिर खींचकर अपने सीने से लगा लिया, "रहेगा याद ! खूब अच्छी तरह से रहेगा।"

मिंटू चली गयी।

मैं जाऊँगी। कल ही जाऊँगी।

मन ही मन बोलीं लाबू, "ओ मियाँ अरुण बाबू, अब मैं किसी से नहीं डरती हूँ।"

एक असहाय हृदय अगर किसी से आश्रय माँगता है तब शायद आश्रयदाता में ऐसी ही शक्ति आ जाती है।

भवेश भौमिक की बीमारी सहसा इस तरह बढ़ जायेगी यह बात शायद स्वयं उसने भी नहीं सोची थी। उसके भक्तों ने तो सोचा ही नहीं था।

शुरू-शुरू में जब डॉक्टर ने कहा था, "वायप्सी करवा लेने में तो हर्ज़ नहीं है" भवेश ने तभी कहा था, "मुझसे अब छिपाना बेकार है···समझ गया हूँ मेरे फाँसी के हुक्म आ गये हैं। हाँ, हाईकोर्ट, सुप्रीमकोर्ट में मुकदमा लड़-लड़ कर जितने दिनों तक खींचा जा सके···घबराने की जरूरत नहीं है। मैं काम करता रहूँगा।"

कल अस्पताल ले जाया जायेगा।

भवेश ने आज सभी को बुलाया था।

बोले, "मेरी नयी स्कीम है···सब कोई एक ही जगह से काम न करके अलग-अलग सेण्टर खोल कर थोड़े से कर्मी जुटाकर काम करो। हालाँकि लड़कियों पर ज़रा भी भरोसा नहीं किया जा सकता है। घर के दबाव में पड़कर शादी करनी पड़ेगी इन्हें। लेकिन सौम्य, गौतम, अरविन्द, श्यामल, मिंटू, सचिन तुम सब तो हो—रहोगे भी। इस कमरे को अपना हेड ऑफिस बना लेना लेकिन भवेशदा की एक एन्लार्ज फोटो दीवाल पर टाँग कर नीचे ये मत लिखकर छोड़ देना 'भवेशदा ! तुम्हें हम कभी नहीं भूलेंगे।'"

"आह भवेशदा ! यह सब क्या कह रहे हो ?" गौतम ने लगभग डाँटते हुए कहा, "दो-चार बार 'रे' दिया गया नहीं कि आप सँभल जायेंगे। उसके बाद कुछ दिनों तक 'ठाकुर तालाब' में···"

"ओ बाबा ! इस राजसूय यज्ञ का खर्च कहाँ से पूरा होगा सुनूँ तो ज़रा ?"

"खर्च होगा ही नहीं।"

"चुप रह—फ़ालतू बातें मत कर। भवेश को खींच-तान कर ज़िन्दा रखने के लिए इतना खर्च करने की कोई ज़रूरत नहीं है। बल्कि यह रुपया उन पर खर्च कर देना।" थोड़ा ठहरकर फिर बोले, "काम करनेवाले उसी बस्ती से लेना। इधर-उधर बेकार घूमते लड़कों को एक महान् कार्य करने दोगे तो देख लेना कितना उत्साहित होते हैं। उन्हीं में से मज़बूत हाथ बना कर···"

"आह भवेशदा !" ब्रतती बोली, "अब हम सब नाराज़ हो जायेंगे। आप इतना बोलिए नहीं।"

भवेश ने क्लान्त होकर आँखें बन्द कर लीं। उसके बाद ही बोल उठे, "तुम सब चाय पीओगे ?"

"आज रहने दीजिए।"

"रहने क्या दीजिए। बुला, बुला। आज मैं भी पीऊँगा। तुम लोगों के साथ।"

दूसरे दिन चित्तरंजन कैंसर हास्पिटल में ले जाकर भर्ती कर आये भवेश को।

केवल एक ही विजिटर्स कार्ड मिल सका। सिर्फ़ एक ही जा सकेगा।

गौतम बोला, "इसे मेरे पास ही रहने दो। कल मैं ही जाऊँगा।" गौतम की आवाज़ में 'अधिकार जताने' जैसा स्वर था।

औरों को यह बात अच्छी नहीं लगी। ब्रतती को तो बहुत ही बुरी लगी।

गौतम अपने डॉक्टर बहनोई की मदद से यह इन्तज़ाम करवा सका है, क्या इसीलिए ?

अजीब-सी निःसंगता के बीच दिन बीत रहे थे प्रवासजीवन के। खींचतान कर गृहस्थी से जितना सम्पर्क था वह भी टूटता जा रहा था।

डॉक्टर के कहने पर सुबह-शाम ज़रा टहलने जाते हैं प्रवासजीवन। उनके साथ देबू रहता है। वे मना करते हैं फिर भी वह आता है।

प्रवासज़ीवन कहते, "घर का कामकाज छोड़कर आने की क्या ज़रूरत है ? मैं कोई रास्ते के बीच से चलूँगा नहीं···पटरी-पटरी चलता पार्क पहुँच जाऊँगा।"

देबू कहता, "घर में इस वक़्त कोई काम नहीं है।"

"काम नहीं है ? क्या कह रहा है ? तुझे यूँ ही रख रखा है ? हें ? हा हा हा हा··· ।"

हँसते-हँसते पार्क में प्रवेश करते।

लेकिन बैठने लायक जगह है क्या पार्क में ? बैठने लायक एक भी समूची बेंच है ?

यहाँ-वहाँ दुनिया भर के फालतू लड़कों का जमघट लगा था। लेकिन और कोई उपाय भी तो नहीं ? और कहाँ जायें ? थोड़ी देर बैठना भी है।

एक पावा हिलती टूटी-सी बेंच खाली थी। देबू ने उसी को ईंटें लगाकर बैठने लायक कर दिया। वह अपने साथ दो पुराने अख़बार भी लाया है। बेंच पर बिछा दिये तो प्रवासजीवन बैठ गये।

उन्हें एकाएक लगा देबू से बढ़कर दुनिया में उनका सगा कोई नहीं। देबू के अलावा उनसे बात करनेवाला और कोई कहाँ है ? वह भी घर में बोलना सम्भव नहीं। नौकर-चाकर के साथ बातें करना···छिः ! प्रेस्टिज़ नाम की भी तो कोई चीज़ होती है। चैताली उनसे काम के अतिरिक्त एक भी इधर-उधर की बातें नहीं करती है। इसीलिए दूसरा कोई अगर ऐसा करता है तो उसे हीन दृष्टि से देखती है वह।

इसीलिए प्रवासजीवन पार्क में आकर बोले, "तुझे अपनी माताजी याद हैं रे देबू ?"

"माताजी भला याद न होंगी ? आप भी क्या बात करते हैं बाबूजी ?"

"तुझसे बहुत प्यार करती थीं।"

"यह क्या मुझे पता नहीं है ? आया ही था बचपन में। माँ तो घर के बच्चों की तरह पूछा करती थीं "क्यों रे देबू, भूख लगी है ?"··· एक बार इतने बड़े-बड़े आम

आये, फजली आम थे। देखकर मैं बोल उठा, 'अरे बाप रे, कितने बड़े-बड़े आम हैं रे बाबा ! ये तो तकिया की तरह सिर के नीचे रखकर सोये जा सकते हैं।' सुनकर माताजी खूब हँसीं। उसके बाद सबसे बड़ा आम उठाकर मेरे हाथ पर रखते हुए बोलीं, 'ले तो फिर सिर के नीचे रखकर सो जाया कर। भूख लगे तो एक कोने से काट-काटकर खाते रहना।' माँ तो हँसे बगैर रह ही नहीं सकती थीं।"

"देबू, मैं जब तक ज़िन्दा हूँ तू इस घर का काम छोड़कर चला तो नहीं जायेगा ?"

देबू ने अपनी बात पर ज़ोर डालते हुए कहा, "आप ही के लिए तो पड़ा हुआ हूँ, बाबूजी। वरना रह-रहकर मन में आता है, छोड़-छाड़कर चला ही जाऊँ !"

प्रवासजीवन चुप हो गये।

इस विषय पर ज़्यादा बातचीत करना निरापद नहीं। लेकिर देबू छटपटाने लगा।

"एक बात कहनी थी बाबूजी।"

"क्या ?"

देबू सिर खुजलाते हुए बोला, "मेरी माँ को पगली कहना ठीक होगा। जो कुछ ठान लेती है···बस उस पर अड़ ही जाती है। इस वक्त ज़िद किये बैठी है बेटे का ब्याह करेगी।"

"बेटा ? माने किस बेटे की ? तेरी तो नहीं ?"

"वही तो बात है।"

बहुत दिनों बाद प्रवासजीवन दिल खोलकर हँसे। "हा हा हा ! तेरी अभी शादी ? तेरी उम्र क्या होगी ?"

"वही तो है बाबूजी। चौबीस साल पूरी कर चुका हूँ।"

"भाग। इस उम्र में आजकल कोई शादी नहीं करता है ?"

प्रवासजीवन ने जिस लड़के को इस तरह निरुत्साहित करते हुए कहा, वह क्या केवल 'आजकल' के नियमों से परिचित करने के लिए ? देबू की शादी की बात सुनते ही प्रवासजीवन का दिल धक से थम नहीं गया था ? तभी नहीं लगा था 'लो, कुछ दिनों के लिए यह लड़का गायब हो जायेगा तो यह रोज़-रोज़ का खेल भी बन्द हो जायेगा।'

यह वही प्रवासजीवन हैं। जो कभी एक बड़े ऑफिस के बहुत बड़े अफ़सर थे। लोग सेन साहब के नाम से तटस्थ हो जाते थे। और जिन्होंने कभी केयातल्ला का यह बड़ा भारी सुन्दर मकान बनवाया था। वह भी स्वोपार्जित धन से। अवकाश ग्रहण करने के बाद भी जिनका मकान दोस्तों, परिचितों, परिवारवालों के कलकण्ठ से अष्टप्रहर मुखरित रहता था।

वही प्रवासजीवन।

एक भृत्यमात्र की विरह आशंका से व्याकुल हो रहे हैं।

यद्यपि देबू इस व्याकुलता को ठीक से समझ नहीं सका।

बोला, "हमारे गाँवों में तो जल्दी शादी का रिवाज़ ही है। फिर माँ इस वक्त रुपये के लालच में फँसी है।"

"रुपये का लालच ? कैसा रुपयों का लालच··· ?"

सिर झुकाकर कुछ शर्माई आवाज़ में देबू बोला, "क्यों, दहेज़ का रुपया। चाचा आये थे, कह रहे थे लड़कीवाले आठ हज़ार रुपया नकद देंगे। अगर न दे सके तो दो बीघा धानवाली ज़मीन लिख देंगे।···वैसे माँ चाचा नक़द पर ही ज़ोर डाल रहे हैं।"

प्रवासजीवन अवाक् होकर बोले, "नक़द आठ हज़ार देकर तेरे साथ शादी करेंगे ? तू कह क्या रहा है ?"

इस प्रश्नवाण से देबू आहत हुआ। शायद अपमानित भी।

बोला, "देंगे क्यों नहीं ? लोग तो और भी ज़्यादा-ज़्यादा पाते हैं। मेरे ताऊ को ही लड़के की शादी में आठ हज़ार मिले थे। अभी बुआ ने लड़की की शादी में बारह-तेरह हज़ार रुपये ख़र्च किये हैं।"

प्रवासजीवन मानो किसी अनजानी दुनिया का किस्सा सुन रहे थे। दहेज़ देना-लेना यद्यपि अनसुनी बात नहीं थी। लेकिन देबू के जैसे घर में ? अनपढ़ एक नौकर मात्र ही तो है। उसकी इतनी क़ीमत ?

धीरे से बोले, "तुम लोगों के घरों में इतना रुपया है ?"

लापरवाही जताते हुए देबू बोला, "हमारे यहाँ कहाँ है ? रहता तो क्या बाप के मरते ही आठ साल के लड़के को चाचा शहर में लाकर नौकरी करने को मजबूर करते ? ज़मीन जो थी वह दोनों बहनों की शादी में निकल गयी है। माँ इतने दिनों से सुदिन की आस लगाये बैठी थी।"

प्रवासजीवन को याद आया, बहन की शादी में छुट्टी लेकर देबू घर गया था। लेकिन उस समय क्या प्रवासजीवन ने अपने को इतना असहाय पाया था ?

प्रवासजीवन बोले, "और तेरी वह बुआ ? जिनके लिए तूने बताया कि बारह-चौदह हज़ार···"

"सब कुछ जमीन ही से है बाबूजी। बाप-दादा जमीन छोड़ गये थे, उसी को बेच-बेच कर खा रही है। जमीन के भाव भी तो आसमान छूने लगे हैं। बीघे के भाव तो आजकल एक-एक मीटर जमीन बिक रही है।"

प्रवासजीवन ने कहा, "मेरी धारणा थी कि गाँवों में किसानों के घरों में लड़की का बाप ही पैसे पाता है। एक कहावत है, 'लड़की की माँ रोती जाये, रुपयों की पोटली बाँधती जाये'। तो···"

"वैसा पहले कभी था अब सब बदल गया है। अब तो पढ़ा-लिखा लड़का हुआ तो पूछिए मत। बीस हज़ार की माँग करते हैं। उस पर भी साइकिल, ट्रांजिस्टर···"

उत्तेजित होकर प्रवासजीवन बीच ही में बोल पड़े, "और न दे सके तो बहू को

जलाकर मार डालेंगे। यही न ?"

देबू पढ़ा-लिखा न सही, बातों से हारनेवाला नहीं। मुँह बिगाड़कर बोला, "यह बात तो विद्वान, पण्डित और पैसेवालों के घरों में ज़्यादा होती है। बहू मारने पर फाँसी का हुक़्म हुआ। पैसे की ताकत पर छूट जाते हैं और फिर सीना तानकर घूमने लगते हैं।"

प्रवासजीवन अवाक् रह गये। इनके बारे में कभी गम्भीरता से नहीं सोचा था—यही देबू, भूषण और उन जैसों के बारे में।

ये लोग तो अख़बार भी नहीं पढ़ते हैं। अधिकांश ही निरक्षर हैं किन्तु 'समाज प्रवाह' का इन्हें कितना ज्ञान है !

उठकर खड़े हो गये।

देबू ने पूछा, "थोड़ी देर और नहीं बैठेंगे ?"

"नहीं, आसमान साफ़ नहीं दिख रहा है। आँधी आ सकती है। ···तो तू गाँव कब जायेगा ?"

"चाचा तो कह गये हैं अगले महीने के बीचोंबीच। इस वक्त तो चैत चल रहा है। बैसाख के बीच में···"

प्रवासजीवन को लगा, उनके हाथों से जाने कैसी सम्पत्ति निकली जा रही है। भूषण की ओर से उतना डर नहीं है। वह शादीशुदा है। अक्सर गाँव जाया करता है। उस समय देबू चौका सँभालता है। खाना मुँह के पास ले जाते ही पता चल जाता है क्योंकि देबू का पाक-कला ज्ञान खूब प्रशंसा के योग्य नहीं। भूषण खाना अच्छा बनाता है।

भवेश भौमिक का दाह-संस्कार करके लौटे तो वे लोग उनके उसी कमरे में आकर बैठे। यह मकान भवेश ने 'शिशुकल्याण' कार्य के लिए उत्सर्ग कर दिया था। ये सब ट्रस्टी थे। भवेश जैसे भोले-भाले व्यक्ति में ऐसी निपुण बुद्धि थी।

भवेश की उपस्थिति अनुभव कर रहे थे सब। लुंगी और आधी बाँह वाला कुर्ता, बढ़ी हुई दाढ़ी और बात करने का वैसा ही ढंग—फिर भी इतने सारे सुन्दर, शिक्षित, सभ्य लड़के-लड़कियाँ उनके लिए हाहाकार कर रहे थे, यह देखकर आश्चर्य होता है।

सुकुमार आहिस्ते से बोला, "मैं तो सोच भी नहीं सकता हूँ। ठीक कह रहे हो।"

अत्री बोली, "इतने दिनों से अस्पताल में जा-जाकर देख आते थे तब लगता था कोई और इन्सान है। चले गये, तब भी इतना महसूस नहीं हुआ था। लेकिन

आज यहाँ आकर महसूस कर रही हूँ…” कहते-कहते चुप हो गयी। सिर झुका लिया।

गौतम बोला, “अन्तिम दिनों में ऐसा कष्ट पा रहे थे कि देखकर लगता था अपने स्वार्थ के कारण उन्हें जिलाये रखने की कोशिश अमानुषिकता है।”

“अभी कुछ दिनों पहले ही सबका हाथ पकड़कर बोले थे, ‘तुम लोग रहोगे। मैं तुम्हीं लोगों में रहूँगा।’…वैसे इन्सान की आँखों में आँसू, मैं तो सोच भी नहीं सकता हूँ।”

ब्रतती लम्बी साँस छोड़ते हुए बोली, “जो स्वयं आनेस्ट होते हैं, सच्चे और खरे होते हैं उनका विश्वास होता है कि और लोग भी ऐसे ही होंगे। लेकिन हम सब क्या ऐसे हैं ? या हम क्या वैसे रह गये ?”

सौम्य ने दृढ़तापूर्वक कहा, “रहना पड़ेगा। ठीक पहले जैसे चल रहा था वैसा ही चलाना है।”

लेकिन जब से भवेश भौमिक अस्पताल में भर्ती हुए थे तब से क्या वैसा ही चल रहा था ? सबके मन में एक अवलम्बन शून्य हताशा के भाव आ गये थे। मन शिथिल और क्लान्त हो गया था।

तस्वीर टाँगकर माला पहनाकर स्मृतिपूजन कर नहीं सकते थे। भवेशदा का विद्रूप करता चेहरा हर वक़्त सामने रहेगा।

फिर तस्वीर है ही कहाँ ?

एक तस्वीर होनी चाहिए थी। तस्वीर रहने पर साल में दो बार (जन्मदिन और मृत्युदिन) तस्वीर को फूलों की माला पहनाकर, सामने फूलदानी में फूलों का गुलदस्ता रख, अगरबत्ती जलाकर, भावपूर्ण गम्भीरतापूर्वक मिलकर गाना गाते। निरवलम्ब स्मृति को सहेजकर रखना बड़ा कठिन होता है।

इन्सान बड़ा ही शक्तिहीन होता है।

“पिताजी, आपने देबू को एक महीने की छुट्टी दे दी है ?” उत्तेजित दिव्यजीवन ने पिता के कमरे में क़दम रखा। जब कभी दिव्य इस कमरे में आता है इसी तरह आता है।

शुरू-शुरू में प्रवासजीवन इसका कारण नहीं समझ पाते थे। सोचते, दिव्य हर समय इतना गुस्से में क्यों रहता है ? धीरे-धीरे समझ गये थे कि यह एक प्रकार की नर्वसनेस है। दूसरे की प्रेरणा पर या योजना में शामिल होकर स्वभाव विरुद्ध कुछ करना पड़ जाये तो आजकल के रीढ़ की हड्डीविहीन लड़कों का यही हाल होता है।

फिर भी प्रवासजीवन आश्चर्यचकित हुए।

पूछा, "मैंने छुट्टी दे दी है ?"

"क्या आप कहना चाहते हैं कि नहीं दी है ?"

"ताज्जुब है ! मेरे देने न देने का प्रश्न ही कहाँ पैदा होता है ? कहने लगा माँ शादी के लिए जोर डाल रही है, गये बगैर होगा नहीं। बस, मैंने यह सुनकर तनख़्वाह दे दी है। तुम लोगों से उसने कुछ नहीं कहा है ?"

"कहेगा क्यों नहीं ? कहा है कि 'कल जा रहा हूँ।' गृहस्थी की सुविधा-असुविधा की बात सोचे बगैर ही अगर आपने तनख़्वाह दे दी है तब तो वह साँप के पाँच पाँव देखेगा ही।"

प्रवासजीवन के जी में आ रहा था कहें, अगर वह शादी के लिए छुट्टी माँगे तो क्या तुम्हारी गृहस्थी की असुविधा के नाम पर उसे रोक सकोगे ? बड़े-बड़े ऑफिसों में भी ऐसा कोई क़ानून नहीं है—छुट्टी देनी ही पड़ती है।

लेकिन मुँह तक आयी बात को गटक जाने की कला में धीरे-धीरे प्रवासजीवन माहिर हो चुके हैं।

इसीलिए बोले, "तुम लोगों से, चैताली से उसने कुछ भी नहीं कहा है ? बड़े आश्चर्य की बात है ! मुझे तो यह सब पता ही नहीं था, बेटा।"

"घर-गृहस्थी के विषय में आप जानते ही क्या हैं ?" दिव्य और अधिक उत्तेजित होकर बोला, "इधर ठीक इन्हीं दिनों भूषण 'बहन की शादी है' कहकर पहले से छुट्टी मंजूर करवाये बैठा है। इसके तो अर्थ हुए चैताली मरी।"

प्रवासजीवन तब भी नहीं कह सके, तो तुम्हारे भूषण ने पहले से छुट्टी ले ली है यही कहाँ मुझे किसी ने बताया था ? यह भी नहीं कहते बना कि मालकिन मर सकती है जानकर क्या वह अपनी बहन की शादी में न जाये ?

कुछ भी नहीं कह सके। ऊपर से असहायभाव से बोल उठे, "यह तो बड़ा गड़बड़ हो गया···मैं भला इतनी बातें क्या जानूँ ?"

मन ही मन सोचने लगे, जब मैं देबू को तनख़्वाह दे रहा था तब क्या कोई कहीं से देख नहीं रहा था ? तनख़्वाह के अलावा भी शादी के नाम पर खर्च करने के लिए उसे अलग से सौ रुपये भी तो दिये थे।

न, लगता है देखा नहीं था। देखा होता तो बिना ताना मारे रह सकता था ? प्रवासजीवन को छोड़ देता क्या ?

न जाने इन लोगों को कैसे सारी बातें मालूम हो जाती हैं ? अपने कमरे में बैठे-बैठे प्रवासजीवन किसके साथ क्या बात करते हैं, किसको कब कुछ देते हैं इन्हें ठीक पता चल जाता है। बाद में एकाएक उस बात को उदाहरण के रूप में पेश किया जाता है।

जैसे काटुम आकर 'ही-ही' करते हुए पूछेंगे, "बाबाजी आपने गेट के पास रुककर उस बूढ़े को क्या दिया ?"

"लो ! दूँगा क्या ?"

"हि हि हि हि, हमने देखा है। तुमने रुपया दिया है। दस-बीस रुपया। वह तो भिखारी है···क्या कोई भिखारी को इतने सारे रुपये देता है ? दस-बीस पैसे देने चाहिए थे। तुम हो बुद्धू···"

और एक बार···उस दिन।

कितनी सावधानी से अपने ओढ़े हुए शॉल में छिपाकर एक पुराना चादर ले जाकर पार्क में बैठे उस अधपगले ग़रीब इन्सान को दे बैठे थे। बेचारा··· हड्डियों का ढाँचा मात्र था। उस दिन देबू भी साथ नहीं गया था। लेकिन यह किसे मालूम था कि पार्क के किनारे से भूषण लौट रहा होगा।

दूसरे दिन दिव्य ने सुना-सुनाकर कहा था, "घर की चीज़ आप जिसे चाहें दे सकते हैं, पिताजी। लेकिन छिपाकर न देते तो ठीक होता। इससे औरों के सामने प्रेस्टिज नहीं रहती है।"

शर्म से प्रवासजीवन गड़ से गये थे। बोले थे, "छिपाने की क्या बात है ? पागल को देखकर दया आती थी। रोज़ ही सोचता था कि आलमारी में पुराने चादर, पुरानी शालें पड़ीं हैं, कीड़े लग रहे हैं—बेचारे को दूँगा तो···" ज़रूरत से ज़्यादा ही बोल बैठे थे प्रवासजीवन।

दिव्य बोल उठा था, "रहने दीजिए। मुझे कैफ़ियत देने की ज़रूरत नहीं है। लेकिन घर में इससे भी ज़्यादा पुरानी चीज़ें थीं, वह दी जा सकती थीं। उसे तो भूषण ओढ़ सकता था। उसे जाड़े के लिए एक चद्दर देना पड़ गया।"

प्रवासजीवन में इतना पूछने की क्षमता नहीं थी कि अपनी ही एक पुरानी चीज़ वह स्वयं उठाकर किसी को नहीं दे सकते हैं क्या ? क्यों नहीं दे सकते हैं ?

वे कह ही नहीं सकते हैं क्योंकि उन्हें लगता है कि उनके पाँव के नीचे की मिट्टी बेहद भुरभुरी है। ज़रा पाँव का दबाव डालेंगे तो धँस जायेंगे।

यह सवाल तक न पूछा गया उनसे कि अगर जाड़े के नाम पर भूषण चादर पा सकता है तो देबू क्यों नहीं ?

ऐसा न कहकर मूर्खों जैसा मुँह बनाकर बोले, "अरे, उससे भी ज़्यादा पुरानी चीज़ थी क्या ? छिः-छिः, पहले मालूम होता···पागल वैसे खूब खुश हुआ है।"

"होगा क्यों नहीं ? एक ऑल-वूल का चादर पा गया। आपका यह कश्मीरी शॉल पाता तो और भी ज़्यादा खुश होता।"

व्यंग्य ! हर समय व्यंग्यबाण छोड़ता है। इसी डर से तो प्रवासजीवन सच बात कहने, न्यायपूर्ण बात कहने का साहस खो बैठे हैं। कहते हैं तो और अधिक तीखे बाण छोड़ता है। और अधिक डंक मारता है।

जबकि बहुत दिनों पहले, प्रवासजीवन ने कहा था, "तुम्हारी सास की आलमारी एक बार खोलकर देख लो चैताली। पुरानी-पुरानी कुछ रोज़मर्रा की साड़ियाँ पड़ी हुई

हैं—अगर ग़रीब लड़कियों को देना चाहो तो निकाल लो। आलमारी के ऊपर ही चाभी रखी है।"

चैताली ने एक क़दम नहीं बढ़ाया। बल्कि बोली थी, "मैं क्या खोलूँगी, आप ही कभी देख लीजिएगा। किसी को देना चाहें तो दे दीजिएगा।"

इस पत्थर के दुर्ग में कहाँ किस जगह दरवाज़ा है प्रवासजीवन को पता नहीं।

कभी-कभी अपना ही बनाया यह घर, अपने हाथों से बसायी गृहस्थी उन्हें क़ैदखाने जैसी लगती। लगता कहीं और चले जा सकते तो कितना अच्छा होता। लेकिन हृदय-रोग-ग्रस्त एक इन्सान अकेले जाये तो कहाँ जाये ?

ज़िन्दगी में कभी साधु-सन्त, मठ-मिशन, तीर्थ आदि में रुचि नहीं ली। यह भी नहीं जानते हैं कि कम से कम कुछ दिनों के लिए कहीं और जाकर रहना असम्भव नहीं। प्रवासजीवन ने तो कभी 'गुरु' भी नहीं बनाया।

आज वे अपने को अपने ही बनाये दायरे में क़ैद पाते हैं। कभी-कभी सोचा करते हैं देबू को साथ लेकर पुरी या कहीं और घूम आयें तो कैसा रहे ! इन जगहों में तो रहने की जगह का अभाव नहीं। लेकिन यह बात सबसे कहें कैसे—यही सोचते-सोचते देबू शादी करने जाने की छुट्टी लेकर चला गया।

चाची की बहन के बेटे से विवाह का रिश्ता हँसकर टाल जाने से इस घर की परिस्थिति गम्भीर हो गयी है।

चाची ने बरामदे के बीचोंबीच दीवार भले नहीं खड़ी की लेकिन एक मोटी रस्सी बाँधकर उस पर धोती, साड़ी, चादरें इस प्रकार फैला-फैलाकर सुखाने लगी कि देखनेवाले उसे पार्टीशन समझ लें तो कोई आश्चर्य नहीं। सुबह तड़के डालती और देर रात को उतारती। इधर वालों का उधर वालों से आँखें चार होने का ख़तरा भी नहीं रहा।

ब्रतती ने जब पहले दिन इसे देखा उस दिन भवेश की हालत बड़ी गम्भीर थी। कोई विशेष बात हो सकती है यह उसने सोचा भी नहीं था। बल्कि सोचा इधर पानी बरसा होगा।

मन और शरीर इतना थका था कि माँ से भी पूछने का मन न किया। लेकिन जब कई रोज़ लगातार कपड़े टँगे रहते देखा तो पूछा, "माँ, मामला क्या है ? यहाँ ये सब सूखने के लिए टाँगा जा रहा है !"

लेकिन इतने दिनों से बस इसी एक बात की ओर ध्यान दिया गया था ? माँ भी तो गम्भीर है। काम भर से ज़्यादा एक शब्द नहीं बोलती है।

अर्थात् माँ भी लड़की पर काफ़ी नाराज़ हैं।

कितनी आसानी से एक जटिल समस्या का समाधान हो गया होता—और तुम घमण्डी लड़की साफ़ इन्कार कर बैठीं ? तुम शादी नहीं करोगी ? ज़िन्दगी भर बस्तियों में घूम-घूमकर करोगी समाजसेवा ? जाने किसके चक्कर में फँसी हो। समाजसेवा करने का क्या और कोई तरीक़ा नहीं ? गन्दी सड़ी बस्तियों में घुस-घुसकर··· छिः।

लड़की के इस काम का कभी भी जी-जान से समर्थन नहीं कर सकी थीं सुनीला परन्तु लड़की के डर के मारे ज़्यादा कुछ कहते भी नहीं बनता है। इस समय सहसा उनका हृदय विद्रोह कर उठा है। ऐसा भी क्या डरना ? मैं नहीं तुम्हारी खुशामद करनेवाली। बना-पका देती हूँ खाओ और पड़ी रहो, बस। बातें करने आने की कोई ज़रूरत नहीं है।

भवेशदा की चिन्ता में व्यस्त ब्रतती ने माँ के इसे भावान्तर पर विशेष ध्यान नहीं दिया था। सोच लिया कि चाचा-चाची के व्यवहार के कारण ही माँ गम्भीर है।

आज माँ की तीक्ष्ण युक्ति सुनकर चौंक पड़ी।

माँ बोलीं, "छाती पर दीवार खींच सकती थी। वही खींची है इसे अपनी क़िस्मत समझ।"

उसने माँ की ओर देखा।

कुछ बोली नहीं।

नहाने चली गयी।

लेकिन सुनीला अनकही बातों को कहने के लिए आकुल-व्याकुल हो उठीं। इसीलिए बोल उठीं, "इतने बड़े अपमान के बाद भी तुम्हारे चाचा ने घर आधा नहीं कर लिया है यह हमारा भाग्य ही है।"

हाथ में तौलिया लपेटते हुए ब्रतती बोली, "अपमान करना तो उन्हीं के अधिकार में रहा है माँ, और तुम नीलकण्ठ महादेव की तरह उसी अपमान को हज़म करने में पारंगत हो। सहसा यह पाला कैसे और कब बदल गया ?"

"कब ? पूछते हुए शर्म नहीं आ रही है ? चाचा-चाची मान-इज्ज़त ताख पर रखकर ऐसा एक रिश्ता ले आये थे, तुमने एकदम से दुत्कार दिया। मुँह देखना नहीं चाहती है तभी बीच में पर्दा लटका दिया है।"

"ऐं ! यह बात है ?" सहसा ब्रतती को बड़ी ज़ोर से हँसी आयी। बच्चों जैसी बातें।

इन पर क्या नाराज़ होना।

सुनीला गुस्से से बोलीं, "इसमें हँसने की क्या बात है ?"

"यूँ ही हँसने की इच्छा हुई—हँस पड़ी।"

"जानती हूँ, मैं तुम्हारे लिए हँसी की पात्र हूँ। फिर भी तुम्हें मेरी बात पर ग़ौर करना होगा। इन्सान मैं भी हूँ। भाग्य ही ऐसा है कि जीना हराम लगता है। वे

बेवक्त मुझे बीच दरिया में छोड़कर चले गये। घर में ऐसे रहना पड़ता है जैसे विरोधी पक्ष की हूँ। अपने पेट से जन्मी लड़की, लगता है, कोसों दूर रहती है वरना एक लड़की से भी इन्सान का घर भर जाता है। इतने दिनों में तो दामाद-नाती-पोती से मेरा हृदय भरपूर हो गया होता। वह नहीं···लड़की है कि···"

चुप हो गया अदम्य जलोच्छ्वास।

ब्रतती नहाने चली गयी।

नहाते-नहाते सोचने लगी, इसमें दोषी किसे ठहराया जाये ? अगर माँ अत्यन्त ही साधारण मनोवृत्ति की है तो सिवाय सृष्टिकर्ता के और कौन दोषी होगा ?

ब्रतती माँ से कुछ प्रत्याशा नहीं करती है।

सोचते-सोचते ध्यान भवेशदा की ओर चला गया और उनसे हटकर सौम्य की ओर।

आज सौम्य ने कहा था, "भवेशदा तो चले जा रहे हैं। हमारा क्या होगा बोलो !"

ब्रतती ने कहा था, "पता नहीं। मुझसे सोचा नहीं जा रहा है।"

"ऐसे लोग धरती पर ज़्यादा दिन रहते क्यों नहीं हैं ?"

"मालूम नहीं। मेरा हृदय एक खालीपन महसूस कर रहा है, सौम्य।"

लेकिन ये बातें तो कुछ दिनों पहले की हैं।

भवेश भौमिक नामक इन्सान तो अब इस दुनिया में है ही नहीं।

क्रियाकर्म करके लौटते-लौटते उस दिन सभी को देर हो गयी थी। हर रोज़ से ज़्यादा रात को जब ब्रतती घर लौटी सुनीला दरवाज़े पर ही बैठी थीं। वह नहीं चाहती थीं कि पूर्णेन्दु दरवाज़ा खोलें।

घर में घुसते ही दबी आवाज़ में रुआँसे स्वर में कहा, "दया करके इस समय कुछ मत कहना, माँ।" दोनों हाथ जोड़कर सुनीला की ओर बढ़ा दिये तो सुनीला ठिठककर चुप हो गयीं। उसके बाद लड़की का चेहरा निहारते हुए पूछा, "···चले गये ?"

माँ से ब्रतती को ऐसे बोलने की आशा न थी। उसने दोनों हाथों में चेहरा छिपा लिया।

उस दिन से सुनीला ने अपना कठोर व्यवहार बदल डाला। जिस व्यक्ति के कारण उनकी लड़की ऐसी हुई जा रही है, क्या उसे कभी कोस सकी थीं सुनीला ?

मेला ख़त्म हो चुका है। अब भीड़ भी इकट्ठा नहीं होती है। फिर भी कुछ नियमित आनेवाले तो होते ही हैं।

काम कितना होता है क्या मालूम···फिर भी जो होता है वह है भवेशदा को याद करना। काम के माध्यम ने जोड़े बना दिये थे। जैसे गौतम और अत्री जहाँ जाते साथ ही जाते। भवेश-भवन में किसी भी समय क्यों न आयें, निकलते वक्त साथ निकलते हैं।

और यही बात लागू होती है सौम्य और ब्रतती पर।

अदृश्य एक आकर्षण ने दोनों को पास ला दिया था। थोड़ा-बहुत आकर्षण का अनुभव करबी और सचिन भी करते थे।

सुकुमार का कोई जोड़ा नहीं लेकिन वह यहाँ नियमित आता है। उसने एक अद्‌भुत काम किया था। भवेश का कोई चित्र नहीं था। उसने दीवार की सबसे ऊँची कील पर भवेश का एक पैजामा और उसके ऊपर वही बाँह-कटा कुर्ता टाँग दिया था। ज्यों ही आता है उन्हीं कपड़ों के नीचे अगरबत्ती जला देता है। अगरबत्ती-स्टैण्ड नहीं है। एक खाली दियासलाई के डिब्बे को उसने स्टैण्ड बना लिया है।

अगरबत्ती जलाने के बाद तख़्त पर खड़ा हो जाता है और कहता है, 'समझे भवेशदा ! कुछ नहीं होगा··· कुछूछ नहीं। मैंने हिसाब लगाकर देखा है देश में व्यस्क मज़दूरों से ज़्यादा शिशु श्रमिक हैं। इन्हें घर पर भी खटना पड़ता है, बाहर भी। इनके माँ-बाप कसाइयों की तरह इनसे काम करवाते हैं, इनके मालिक जल्लाद बनकर सिर पर सवार हो जाते हैं। जो लोग बड़ी-बड़ी बातें करते हैं, मुँह के आगे माइक पकड़कर लम्बे-लम्बे भाषण देते हैं, इनके दुःख से दुःखी होकर आँसू बहाते हैं, वे भी अपने-अपने घरों में एक छोटी-सी लड़की से तीन सयाने नौकरों का काम करवाते हैं। हाँ, आप चाहें तो जाकर देख आइए। फ्राक पहने छोटी-छोटी लड़कियाँ खाना पका रही हैं, बर्तन माँज रही हैं, झाड़ू-पोंछा कर रही हैं, बाज़ार भी वही जा रही हैं और ज़रा-सा भी इधर-उधर हो गया तो डाँट और मार भी खा रही हैं। जाइए, देखिए जाकर। अब तो आप हर जगह हर समय पहुँच सकते हैं भवेशदा···जी चाहे तो किसी भी घर में घुस सकते हैं।'

सुकुमार का यह पागलों जैसा प्रणाम करना और लोग बैठे-बैठे देखते व सुनते। कभी-कभी सुकुमार बैठे-बैठे ही कहता है, 'समझे भवेशदा, कल हावड़ा बाजार की तरफ गया था। जाकर देखता क्या हूँ कि पुलिस एक झोंपड़ी तोड़ रही है। बस्ती का उत्थान किया जायेगा—हर किसी को पक्का घर बना दिया जायेगा। कम से कम वोट प्राप्त करने के लिए वादा तो करना चाहिए। ख़ैर ···तो झोंपड़ी का सारा मलबा टोकरी भर-भर कौन बटोर ले गया। जानते हैं ? ये ही बच्चे जिनके शायद माँ-बाप भी हैं।'

"आप ही बताइए भवेशदा, लोगों में चेतना कैसे जगायी जाये ? स्टेज पर खड़े होकर कुछ डॉयलॉगबाजी की और चले गये—इससे भला नाटक जम सकता है ?"

सुकुमार क्या पागल हो गया है ? नहीं। वह पागल नहीं हुआ है लेकिन उसे जो कुछ कहना रहता है वह इसी तरह कहता जाता है।

जब चाय आती है उसे हिलाकर कहा जाता है, "सुकुमार चाय।" हाथ बढ़ा कर चाय का कुल्हड़ ले तो लेता है परन्तु उसी के साथ कहते नहीं चूकता है, 'मैंने कहा न—कुछ नहीं होगा। हमीं लोगों को देख लो, हम भी आना बन्द कर देंगे। काम करने नहीं जायेंगे। कह देंगे, अरे वह भवेशदा बिल्कुल पागल था। दो मुट्ठी बालू लेकर चले थे समुद्र में बाँध बाँधने।'

कुछ दिनों से प्रवासजीवन एक चिट्ठी लिखने की तैयारी कर रहे थे। लिखते, पढ़ते और फिर फाड़ डालते। फिर लिखते। अन्त में एक दिन लिखकर तैयार कर ली तो पूछा, "तुम लोगों के चाचाई कब लौटते हैं ?"

हाथ उलटकर काटुम बोला, "कभी-कभी शाम को और कभी-कभी खूब रात को। उस समय तो मैं सो जाता हूँ।"

"अच्छा जिस दिन तुम सोओगे नहीं उस दिन चाचाई से कहना एक बार मेरे पास आये।"

काटुम का अभी-अभी एक दाँत गिरा है। उसी टूटे दाँत की खाली जगह को प्रदर्शित करते हुए, मधुर मुस्कान बिखेरते हुए बोला, "तुम्हारे पास आते हुए चाचाई को शर्म आती है।"

"ऐं ! मेरे पास आते हुए शर्म आती है ? तुझसे किसने कही है ये बात ?"

"चाचाई ने खुद कहा है।"

"किससे कहा है ?"

"बाबाई से, मॉमोनी से, मुझसे, काटाम से, सबसे। कहा है, "पिताजी के कमरे में जाते हुए शर्म आती है।" —तुम्हारा कमरा चाचाई को स्कूल लगता है इसीलिए एबसेण्ट रहता है।"

प्रवासजीवन को लगा, बात तो सच है। आजकल कुछ ज़्यादा ही एबसेण्ट रहने लगा है। गले की आवाज़ तक सुनायी नहीं पड़ती है। आख़िरी बार जाने कब देखा था। शायद बारह-चौदह दिन हो गये हैं।

आजकल रात का खाना भी तो विलीन हो गया है। रात को खाते हैं दो बिस्कुट और एक कप हार्लिक्स।

हाल ही में हृदय पर प्रेशर महसूस करने पर डॉक्टर ने यही आदेश दिया है।

सुबह ?

सुबह सौम्य जल्दी उठ नहीं पाता है। देर तक सोता रहता है। इसीलिए उठते ही भगदड़ मच जाती है।

काटुम ने कहा, "तो एक काम क्यों नहीं करते हो···तुम ही चाचाई के कमरे में चले जाओ। जिस वक़्त वह कमरे में रहते हैं, मुलाकात हो जायेगी।"

"तेरा चाचाई रहता किस समय है मुझे तो यही नहीं पता।"

फिर मन ही मन सोचते रहे 'मुझे भी तो चाचाई के कमरे में जाते हुए शर्म आती है। पता नहीं तेरे माँ-बाप क्या समझ बैठें। सोच सकते हैं कि कनिष्ठ पुत्र के साथ सलाह-मशविरा हो रहा है।'

बोले, "तेरा चाचाई तो तिमंज़िले पर रहता है। मैं सीढ़ी चढ़ूँगा तो डॉक्टर मुझे मारेंगे।"

"मारेंगे ? बुड्ढे आदमी को कोई मारता है ? सब फालतू बातें हैं। बुड्ढे लोग सिर्फ़ फालतू बातें करते हैं।"

लेकिन प्रवासजीवन ने इतनी बार करेक्शन कर-करके आखिरकार चिट्ठी लिखी किसे है ?

और अचानक इसके लिए छोटे लड़के की ही क्यों इतनी ज़रूरत आ पड़ी ? जो लड़का साथ-साथ रहने पर भी दस-बीस दिनों से पिता से मिला तक नहीं।

बड़ा लड़का तो हर समय उत्तेजित रूप लिये आता-जाता रहता है। जो सिवाय शिकायत करने के और कुछ करता नहीं है। जिसकी आवाज़ में, भाषा में व्यंग्य के अलावा दूसरा सुर नहीं बजता है। लेकिन कैसी भी भाषा हो, कैसा भी सुर हो, सुनते हैं प्रवासजीवन।

प्रवासजीवन कभी-कभी सोचते हैं, सौम्य अवश्य ही राजनीति के दाँवपेंच से दूर है। वह अवश्य ही कोई अच्छे काम से जुड़ा है। हालाँकि जब 'कैसा काम है ?' पूछते हैं तब हँसकर टाल जाता है। फिर भी लगता है 'जनसेवा' जैसा ही कोई काम है।

'भवेश भवन' के सामनेवाले दरवाज़े से भीतर घुसने के लिए तीन सीढ़ियाँ चढ़नी पड़ती हैं। उन्हीं सीढ़ियों में से ऊपरवाली पर वह लड़का बैठा था। दुबला-पतला, सिर पर उलझे हुए बाल, एक बेहद फटी बिना बाँहवाली बनियान और वैसा ही हाँफ पैण्ट। उम्र होगी कोई आठ साल। ठीक उसके सिर के ऊपर, दरवाज़े पर बड़े हरफों में कागज़ पर 'भवेश भवन' लिखकर चिपकाया गया था। यह काम भी उसी पागल

सुकुमार का था।

प्लास्टर निकले, रंग उड़े दो कमरों के इस मकान का ऐसा भड़कीला नामकरण किया है उसने। सभी देखकर हँसे थे लेकिन इससे उसके उत्साह में कोई कमी नहीं आयी थी।

सौम्य ने 'भवन' में प्रवेश करते समय ही लड़के को देखा। इस घर की चाभी सामने चायवाले के पास रहती है। जो या जितने लोग अन्त में जाते हैं वे ही ताला बन्द करके चायवाले को चाभी दे जाते हैं। दूसरे दिन जो पहले आता है चाभी माँगकर दरवाज़ा खोलता है।

आज सौम्य पहले आया है।

लड़का दरवाज़ा रोके बैठा हुआ था।

सौम्य ने पूछा, "कौन हो भई ?"

लड़के ने कोई जवाब नहीं दिया—सिर्फ़ थोड़ा-सा एक तरफ़ को सरक गया जिससे प्रवेश के लिए इच्छुक व्यक्ति सीढ़ी पर पैर रख सके।

परन्तु सौम्य ने उस संकीर्ण जगह पर पाँव नहीं रखा।

फिर पूछा, "क्यों रे ? कौन है ?"

लड़का खिसियाहट भरी आवाज़ में बोला, "और कौन होगा ? देख नहीं रहे हो ? इन्सान का पिल्ला हूँ।"

"इन्सान का पिल्ला ?" हो-हो कर हँसने लगा सौम्य—"इन्सान का पिल्ला क्या होता है रे ? कुत्ते का पिल्ला तो सुना है लेकिन इन्सान का···"

"ओफ्फो, गलती हो गयी है—देख तो रहे हो इन्सान हूँ।"

"तो यहाँ क्यों बैठा है ?"

सहसा लड़का बिगड़ पड़ा। बोला, "क्यों ? बैठना मना है क्या ? यहाँ बैठने का नियम नहीं है ? घर के बाहर का हिस्सा पब्लिक प्लेस नहीं है ?"

"अरे शाबाश !"

उस छोटे-से लड़के के भीतर आग की ज्वाला देखकर सौम्य चौंक उठा।

बोला, "तू इतना-सा लड़का है, ऐसी बड़ी-बड़ी बातें क्यों कर रहा है रे ? देख तो रहा है मुझे भीतर जाना है।"

"तो जाओ न ! मना कौन कर रहा है ?"

"ज़रा खिसक तो सही।"

लड़का किनारे तक खिसक गया लेकिन उठा नहीं। शायद उठने पर प्रेस्टिज को धक्का लगता।

मजबूरन ऊपर-नीचे की दो सीढ़ियों पर पैर रखकर सौम्य ने दरवाज़ा खोला और भीतर घुसा। फौरन लड़का भी खिसककर बीचोंबीच आ बैठा।

दरवाज़े के पास से ही तख़्त पर चढ़ना पड़ता है। तख़्त के नीचे चप्पल-जूता

रखकर सभी ऐसा करते हैं। सौम्य भी चढ़कर बैठ गया। लड़का कनखियों से देख रहा था। सहसा फिक् से हँस दिया।

सौम्य बोला, "क्यों हँसा तू ?"

"क्यों ? हँसना मना है क्या ?"

बाप रे, ये तो विषधर नाग लगता है !

सौम्य ने फिर कुछ नहीं कहा। तख़्त पर एक छोटे-से पत्थर के टुकड़े से दबे कागज़ को उठा लिया।

यह एक आवेदन-पत्र का खसड़ा था। कल रात को अन्त तक रुककर गौतम इसे लिखकर रख गया था। आवेदन नगरपालिका के अध्यक्ष के लिए था।

अपने 'प्रतिष्ठान' (कुछ तो कहना ही होगा) के आदर्श और उद्देश्यों का संक्षेप में वर्णन करने के बाद समझाते हुए कहा गया था अगर यथार्थ में समाज से ऐसी अमानवीय व्यवस्था समाप्त करना ही है तो सरकार, जन साधारण और अन्य समस्त संस्थाओं को एक साथ मिलकर ही कोशिश करनी होगी।

केवल मात्र बस्तियों को उजाड़ने और ग़ैरक़ानूनी ढंग से यत्र-तत्र बनी झोंपड़ियों को उखाड़ने से गरीबी की रेखा से नीचे पड़े इन्सानों को आँखों के ओट से हटा देना ही क्या सब कुछ होगा ? इन अभागों को यथायोग्य ज़रा-सा आश्रय ही अगर न दिया गया तो उनमें चेतना कैसे आयेगी ? और अपने आप में चेतना न आयी तो ऊपर से थोपी गयी वक्तृता और क़ानून पास करना किसी काम का नहीं होगा···

गौतम की भाषा ज़रा असरदार थी इसलिए यह काम स्वयं ही उसने अपने ऊपर ले लिया था।

सौम्य इसी आवेदन-पत्र को पढ़ रहा था जब उसने खुले दरवाज़े के सामने ब्रतती को देखा। उठने का सवाल ही नहीं पैदा होता था···। सारी जगह तो दोनों तख़्तों ने घेर रखी थी।

उसने सुना ब्रतती कह रही है, "अरे, जानी-पहचानी शक्ल लग रही है। तू आताबागान बस्ती की निर्मला का बेटा उदय तो नहीं ?"

"हूँ।"

"यहाँ इस तरह अकेला क्यों बैठा है ?"

गँवारों की तरह लड़का बोल उठा, "बाप रे बाप, इत्ती बड़ी दुनिया में कहीं भी इत्ती-सी बैठने की जगा नहीं है ! हर कोई पूछेगा क्यों, किसलिए।···अ··"

ब्रतती ने कनखियों से एक बार सौम्य को देखा। आँख मिलते ही समझ गयी, यह सवाल पूछे जा चुके हैं। वह यह भी समझ गयी कि किन्हीं वज़हों से लड़का क्षुब्ध होकर घर छोड़कर चला आया है। मुस्कराकर बोली, "तुझे देखकर लग रहा है तुझे बहुत भूख लगी है।"

"देखकर लग रहा है ? आदमी को देखकर यह बात मालूम हो जाती है ? माथे

पर लिखा रहता है क्या ?" कहकर लड़के ने फटी बनियान खींचकर आँखों के आगे कर ली।

ब्रतती बोली, "वाह, लिखा रहता क्यों नहीं है ? लिखा नहीं रहता तो मैं जान कैसे पाती ? ख़ैर यहाँ तो रसोई-वसोई है नहीं। जल्दी से जाकर उस चाय की दुकान पर कह आ...तीन कुल्हड़ चाय और चार बिस्कुट।"

झट लड़का उठ खड़ा हुआ। बोला, "पैसा ?"

"अभी देने की ज़रूरत नहीं। बाद में देंगे। तू जाकर कह आ।"

लड़के के जाते ही ब्रतती कमरे में घुसी। अर्थात् चप्पल उतारकर तख़्त पर चढ़ी।

सौम्य बोला, "चार बिस्कुट किसलिए ? हमें भी खाना पड़ेगा क्या ?"

"चिन्ता करने की ज़रूरत नहीं है। वह अकेला ही खा जायेगा। बेचारा !"

"उसे पहचानती हो ?"

"इस आताबागान बस्ती में कई बार जा चुकी हूँ। इसकी माँ निर्मला को कई बार समझा चुकी हूँ कि लड़के को स्कूल में भर्ती कर दो। इसकी एक दस साल की दीदी है। कहूँगी तो शायद तुम विश्वास नहीं करोगे कि वह तीन घर का बर्तन माँजती है, कपड़े फींचती है। माँ कहती है कि ये काम नहीं करेगी तो पेट में दाना कहाँ से पड़ेगा। बाप हरामी तो जाँगर तक नहीं हिलाता है।"

उदय लौट आया।

ब्रतती बोली, "आ, भीतर आ जा।"

"भीतर तो तुम लोगों का तख्त बिछा है। घुसने के लिए है कहीं जगह ?"

"तख़्त पर ही चढ़ आ।"

"क्यों ? यहीं ठीक हूँ।"

"आहा, चाय आने पर पीएगा कि नहीं ?"

"यहीं बैठकर पी लूँगा।"

"लेकिन यहाँ आने में हर्ज़ क्या है ?"

"बड़े लोगों के साथ एक तख्त पर बैठूँगा ? इत्ता करने की जरूरत नहीं। बोला है, अभी ला रहा है।"

सौम्य ने अंग्रेज़ी में टिप्पणी की, "लड़का अग्निकुण्ड है।"

"वैसा ही तो लग रहा है। माँ भी बहुत कुछ ऐसी ही है।"

चाय आयी। इन लोगों ने दो कुल्हड़ लिये और एक कुल्हड़ लड़के को चारों बिस्कुट के साथ दिया। चाय लानेवाले लड़के ने अवज्ञा-भरी दृष्टि से एक बार उदय को देखा फिर उसके सामने चाय-बिस्कुट रख चला गया।

देने भर की देर थी।

लगा, कौआ झपट्टा मारकर ले गया—पलक झपकते-न-झपकते सब कुछ पेट में समा गया।

ब्रतती बोली, "लगता है तुझे और भी भूख लगी है। यह ले, बाद में लाई-चना खरीदकर खा लेना।"

एक रुपया उसकी तरफ़ बढ़ा दिया।

परन्तु रुपया उसने चील की तरह झपटकर नहीं लिया बल्कि बड़े दार्शनिक भाव से मुस्कराते हुए बोला, "दान भिक्षा देकर क्या तुम मेरी सारी भूख मिटा सकोगी ?"

चमत्कृत हुए दो पढ़े-लिखे विद्वान।

लड़का बोला, "तुमसे एक बात कहनी है।"

"ओ माँ, यह बात है ? लेकिन तूने कैसे जाना कि मैं यहाँ मिलूँगी ?"

"जानता था।"

"तू तो आताबागान में रहता है।"

"कितने दिनों पहले एक दिन बाप बोला था, जा ज़रा दीदीजी का पीछा कर तो···देख तो ज़रा कहाँ जाती है, कहाँ रहती है।"

सुनकर ब्रतती गम्भीर हो गयी। बोली, "अच्छा।"

"ऐइ दीदी, नाराज़ हो गयी क्या ? बाप ने कहा था इसीलिए। मुझसे गलती हो गयी है।"

सौम्य ने झिड़की लगायी, "बाप-बाप क्यों कर रहा है ? पिताजी नहीं कह सकता है ?"

"ऐसा बाप रहे न रहे क्या फर्क़ पड़ता है ?"

सौम्य ने दबी आवाज़ में कहा, "ब्रतती, अपने दत्तक पुत्र से कह दो असभ्यों जैसी भाषा का प्रयोग न करे।"

ब्रतती मुस्करायी। बोली, "यह तो कुछ वैसा ही होगा कि रास्ते पर खड़ी बकरी से कहना कि तुम पतलून पहने बगैर बाहर नहीं निकलोगी।"

दोनों खिलखिलाकर हँसने लगे।

इस बीच लड़का कमरे में घुस आया था। तख़्त पर एक हाथ रखकर बोला, "रात को तो यहाँ कोई सोता नहीं है न ?"

"किसने कहा है तुझसे ?"

"जानता हूँ। जानता हूँ कोई नहीं रहता है। ताला बन्द रहता है। तुम लोग मुझे रात को यहीं सोने दो न ?"

"तुझे सोने दें ?"

"हाँ, हर्ज़ क्या है ?" मिजाज दिखाते हुए उदय बोला, "यहाँ एक छेदहा लोटा तक तो नहीं है जो चोरी हो जायेगा। खाली पड़ा ही तो रहता है। एक मानुस का उपकार हो जायेगा अगर रहने दोगी···।"

सौम्य ने फिर अँग्रेज़ी का सहारा लिया, "क्या ज़बरदस्त है विचारों की अभिव्यक्ति। कितनी उम्र होगी ?"

"मुश्किल से आठ साल।"

"उसे किसी पार्टी का दादा बना दो तो अभी जाकर 'मैदान' में भाषण दे आ सकता है।"

"हुँ।"

ब्रतती ने उदय की ओर देखते हुए कहा, "लेकिन तू यहाँ रहेगा क्यों ? तेरा तो घर है। माँ-बाप हैं।"

फिर दार्शनिक किन्तु गँवारू उद्गार व्यक्त करते हुए बोला, "उदय का कोई नहीं···कुछ नहीं है।"

"ओह ! माँ ने ख़ूब डाँटा है क्या ? या कि जमकर पिटाई की है ?"

गम्भीर भाव से उदय बोला, "तुम लोगों के लिए तो सभी कुछ मज़ाक की बात है। माँ केष्टो चाचा के साथ भाग गयी है, बाप ने मुझे लकड़ी के चैले से मारकर भगा दिया है।"

न दुःख, न अश्रुपात—लगा कि आग के अंगारे बिछा दिये उस छोटे से लड़के ने।

ब्रतती ने धीरे से पूछा, "माँ केष्टो चाचा के साथ भाग गयी है— माने ?"

"इसके माने और क्या होगा ?" कब तक कोई शराबी-नशेड़ी से मार खाता रहे ? बताओ ? उसके भी तो हाड़-मांस है।" कहते-कहते गले की आवाज़ भर्रा गयी। "तब भी तो रह ही रही थी। लड़के-लड़की की वजह से ही थी। लेकिन बाप ने माँ से छिपाकर उस मोटे आदमी के पास जब दीदी को बेच दिया तब माँ, बाप को नोंच-खसोटकर, बर्तन-भाँड़े सब तोड़-ताड़कर चली गयी। ख़ैर, इस बात को छोड़ो। मुझे रहने दोगी या नहीं, यह बताओ।"

ब्रतती ने सौम्य की ओर देखा।

फिर बोली, "रहने दूँगी।"

"रहने दोगी ? सच कह रही हो ?"

"सच कह रही हूँ। जा तब तक लाई-जलेबी खा आ जाकर।"

अबकी बार उसने दो रुपये का नोट बढ़ा दिया।

इस नोट को उदय ने प्रसन्नतापूर्वक ले लिया।

बोला, "देखना—बात पक्की रहे।"

ब्रतती बोली, "रहेगी। लेकिन बाप ने दीदी को जो बेच दिया, इसके लिए पुलिस बाप को पकड़ सकती है—जानता है न ? जेल जाना पड़ता है।"

"मैं यह सब नहीं जानता हूँ। मोटा आदमी ताड़ीवाला है। बाप उससे उधार पर हमेशा ताड़ी ले-लेकर पीता था। अब वह पैसे माँग रहा था। बाप देता कहाँ से ? इसीलिए दीदी को बहला-फुसलाकर ले गया और उसके हाथ बेच दिया। ···मैं जाता हूँ।"

दौड़कर निकल गया।

"सौम्य," ब्रतती बोली, "महासमुद्र के किस घाट से पानी नापने के लिए उतरना चाहिए ?"

सौम्य मुस्कराया।

"समुद्र का कोई घाट नहीं होता है, ब्रतती।"

"हम ऐसे लोगों में चेतना जगाने की कोशिश कर रहे हैं न ?"

"कोशिश तो करते ही रहना है। लेकिन तुमने जो उसे यहाँ रखने का भरोसा दिया है उसका क्या होगा ?"

"हर्ज़ क्या है सौम्य ? भवेशदा के कमरे के अलावा भी उधर एक चौका मैंने देखा है। छोटा-सा आँगन है, एक पैसेज भी है। रहना चाहे तो रह सकता है।"

"तुमने तो कह दिया रह सकता है। और सब मेम्बर राज़ी हो जायेंगे ?"

"राज़ी न होने की क्या बात है ? लड़के ने कहा तो ठीक ही है। चोरी जाने जैसी एक चीज़ यहाँ है नहीं। भवेशदा की कुछ किताबें ज़रूर हैं लेकिन उन्हें कोई चुरायेगा नहीं।"

"सुकुमार से पूछो।"

ब्रतती दृढ़तापूर्वक बोली, "सुकुमार ही से क्यों—सुकुमार कोई उनका उत्तराधिकारी नहीं है—मैं सभी से कहूँगी। मुझे तो इसमें कोई हर्ज़ नहीं दिखाई दे रहा है बल्कि कमरों की सफ़ाई ही हो जायेगी।"

सौम्य फिर मुस्कराया। बोला, "यह सब वैसे हमारे नियम के विरुद्ध है। ख़ैर मान लो रह गया, खाएगा क्या ?"

"यह सोचकर तय करना होगा। पुलिस को ख़बर करके उसके बाप को डरा-धमका कर कुछ वसूलने की व्यवस्था हो सकती है।"

"व्यवस्था कुछ नहीं हो सकती है ब्रतती। केवल सपने देखे जा सकते हैं। लेकिन इस घर में अकेले इतना-सा लड़का रह सकेगा ?"

ब्रतती बोली, "हाँ यह सोचने की बात ज़रूर है। आने दो, पूछकर देखती हूँ।"

लड़के के लौटने से पहले ही गौतम और अत्री आ गये।

पूछा, "लेख पढ़ा ?"

"पढ़ा है।" सौम्य बोला।

भवेश भौमिक की नीति यही थी कि कोई किसी को 'आप' नहीं कहेगा। 'तुम' कहना है चाहे कोई छोटा हो चाहे बड़ा।

सौम्य बोला, "इस बीच एक दूसरी तरह की समस्या आ गयी है।"

ब्रतती बोली, "इसे दूसरी तरह की क्यों कह रहे हो सौम्य ? कह सकते हो एक ही समस्या—वृक्ष की एक और शाखा।"

उसके बाद उसने संक्षेप में उदय वाली बात बतायी। उदय की प्रार्थना भी पेश कर दी।

गौतम बोला, "हम अकेले किसी तरह का डिसीशन नहीं ले सकते हैं। सबको आने दो।"

"तब तो सभी को एक दिन यहाँ इकट्ठा होने की नोटिस देनी होगी।"

ब्रतती ज़रा-सा हँसकर बोली, "यह तो कुछ वैसा ही हुआ कि मच्छर मारने के लिए तोप के गोले छोड़े गये—क्यों गौतम ? मुझे तो इसमें आपत्ति का कोई कारण नज़र नहीं आ रहा है। अगर कोई प्रश्न सामने है तो वह है इस लड़के के अकेले रहने का।"

गौतम क्रुद्धभाव से बोला, "केवल इतनी-सी बात है ? यही रात भर रहने पर कितनी तरह की मुसीबतें आ सकती हैं। यह तुम नहीं जानती हो ?"

ब्रतती हँसी।

बोली, "गौतम, वह नाबालिग तरुणी कन्या नहीं है, निहायत ही एक बालक है।"

"तो क्या हुआ ? यही कौन जानता है कि यह एक चाल नहीं है।"

"चाल ?"

"हाँ ! दो रात रहने के बाद, एकाएक उसका बाप पुलिस लेकर आ धमक सकता है कि हमारे लड़के को इन लोगों ने रोक रखा है। क्यों अत्री ?"

"मैं फिर याद दिला रही हूँ गौतम, वह लड़की नहीं है। लड़का है। पुलिस को वह खुद जवाब दे देगा।"

अत्री बोल उठी, "गौतम तुम ठीक कह रहे हो। शायद यही लड़का पलट जाये और कुछ और कहने लगे। दुनिया बड़ी भयानक है ब्रतती।"

ब्रतती समझाते हुए बोली, "तब भी तो हम इसी दुनिया में काम करना चाह रहे हैं, अत्री। इनकी बुद्धि व विचारों में परिवर्तन लाना चाहते हैं। ठीक है, ऐसा कुछ हुआ अगर तो मैं इसकी सारी ज़िम्मेदारी ले लूँगी।"

"तुम ? मतलब ?"

"मतलब पुलिस को जो कहना है उसे कहने की ज़िम्मेदारी अगर मैं ले लूँ ?"

"बिलावजह बहादुरी दिखाने की कोई ज़रूरत नहीं है। तुम क्या कहते हो सौम्य ?"

सौम्य हँसकर बोला, "मैं क्या कहूँगा ? ब्रतती भी तो नाबालिग नहीं है—एडल्ट है। जैसा ठीक समझे, करे।"

गौतम कुछ ज़िद करता हुआ बोला, "फिर भी, बिना सबसे पूछे···"

तभी सुकुमार आ गया।

आते ही तख्त पर चढ़कर अगरबत्ती जलायी। बोला, "भवेशदा, देर हो गयी। रास्ता जाम था।"

गौतम बोला, "अच्छा, अच्छा। इधर एक प्राबलम है···"

सुकुमार ने पूरे ध्यान से सारी बातें सुनीं।

फिर बोला, "ब्रतती ने ठीक ही कहा है। इसमें इतना सोचना कैसा ? भवेशदा से ही पूछ लिया जाये।"

कुछ ने अस्फुट स्वरों में, कुछ ने मन ही मन कहा, "नखरेबाज़!"

उधर खिसककर सुकुमार ने दीवार पर टँगे पाजामा-कुर्ता को सम्बोधित करते हुए कहा, "भवेशदा, आप ही आदेश दे दें।"

थोड़ी देर चुप रहने के बाद बोला, "भवेशदा ने तो कोई आपत्ति नहीं की। कहा, रख ले। नुकसान क्या है ?"

व्यंग्य किया गौतम ने—"बड़े दुःख की बात है यह भविष्यवाणी एक मात्र तुम्हारे अलावा और किसी ने सुनी नहीं।"

सुकुमार ने मुड़कर देखा। बैठ गया।

फिर बोला, "यह तो सुनने की बात नहीं है, गौतम। मन में बसने की बात है। कोशिश करने पर सभी कोई सुन सकते हैं।"

तभी उदय लौट आया।

उसके पीछे चाय की दुकानवाला लड़का।

शायद तमाशा देखने आया था।

उदय ने वहाँ उपस्थित लोगों के चेहरे पर एक नज़र डालने के बाद ब्रतती से पूछा, "तो फिर मेरी व्यवस्था पक्की है न ?"

ब्रतती बोली, "मान लो व्यवस्था पक्की है लेकिन तू तो छोटा-सा बच्चा है। एक मकान में अकेले रह सकेगा ?"

"फुँ ! रह सकूँगा क्यों नहीं ? कौन-सा सातमंजिला महल है। पर अकेले रहना नहीं पड़ेगा। इस तपनदा ने कहा है रात को मेरे साथ रहेगा। बात पक्की है।"

"तपनदा ?"

इस लड़के का नाम तपन है क्या ? इतने दिनों से देख रहे थे, पर किसी को नाम नहीं मालूम था।

सचिन बोल बैठा, "अभी से तुमने इससे बात पक्की कर ली ? और अगर हम तुम्हें यहाँ रहने न दें ?"

बस—भक् से आग सुलग उठी।

"नहीं रहने दोगे न देना। गरीबों का फुटपाथ तो कोई नहीं छीन लेगा ? चल तपनदा।"

"अरे बाप रे !"

सौम्य बोला, "इतने से लड़के हो, तुम्हारे भीतर इतनी आग क्यों है ? वह भइया जी तो मज़ाक कर रहे थे।"

"मजाक ? ऐसा कहो ! मैं कैसे समझूँगा भला ? हम क्या तुम्हारे मजाक के लायक हैं ? ····तपनदा, तब फिर यही तय रहा।"

तपन एक बार सिर झटककर चला गया। उसी के पीछे-पीछे उदय भी चलने को हुआ।

सचिन बोला, "इसका जो इतिहास ज्ञात हुआ है उससे तो लगता नहीं है सिर्फ़ सोने भर की जगह देने से काम चलेगा। खाएगा क्या ? उसके लिए तो कहीं फोकट का खाद्य-भण्डार नहीं है।"

अब तक यह प्रश्न उठा नहीं था।

सभी चुप रहे।

सुकुमार की ओर देखते हुए सचिन ने व्यंग्य किया, "क्यों सुकुमार, कोई आदेश मिल रहा है ?"

अविचलित भाव से सुकुमार बोला, "इसके लिए ऊपर से आदेश प्राप्त करने की क्या ज़रूरत है ? हर कोई ऐसे आदेश तो अपने मन से प्राप्त कर सकता है। हम इतने लोग हैं, क्या एक छोटे-से लड़के के खाने-पहनने का भार नहीं ले सकते हैं ? सभी कुछ कुछ दें तो···"

"तुम भी लगता है ब्रतती की तरह ही हर काम आसान समझ रहे हो। हमेशा ही क्या ऐसा किया जा सकेगा ?"

"हमेशा की बात उठती कहाँ है ? बड़ा होकर वह खुद ही···हम इतने लोग एक बच्चे को खिलाने के नाम पर सोचने बैठ गये हैं। तब उसके गरीब अभागे माँ-बाप का क्या कुसूर है ? वे लोग क्या ज़िम्मेदारी की बात सोचते हैं ? वे तो सोचते हैं जिसने मुँह दिया है वही खाना भी देगा।"

जब ये सब बातें हो रही थीं तभी उदय लौट आया था। सहसा सबने उसकी तीक्ष्ण आवाज़ सुनी।

"अभागा उदय क्या खाएगा इसकी फिक्र करने की जरूरत नहीं है। अपनी खुराक वह अपने आप जुटा लेगा। मेहनत-मजदूरी करेगा।"

"मेहनत-मजदूरी करेगा ?"

सौम्य बोल उठा, "तुझे पता है हमारे यहाँ नियम क्या है ?"

"जानता हूँ।"

"क्या जानता है ?"

"बच्चे काम नहीं करेंगे। लिखना-पढ़ना सीखेंगे। इन्सान बनेंगे। ···हुंः।"

"अरे शाबाश ! तू इतना कुछ जानता है ? तब फिर क्यों कह रहा है मजदूरी करेगा ?"

"आप लोगों के कहने से क्या होता है। झूठ-मूठ ख्वाब देखने से फायदा ? क्षमता रहते मैं चन्दे का खाना क्यों खाऊँ ? मेहनत की कमाई से खाऊँगा। यह बताओ रहने दोगे या नहीं ? बात साफ करो।"

उसकी बड़ों जैसी बातें सुन ब्रतती चिढ़कर बोली, "कह तो दिया है देंगे। फिर

असभ्यों की तरह बातें क्यों कर रहा है ?"

सहसा सब उलट-पुलट गया। उदय नामक वही वीर बालक जोर से रो उठा।

कहने लगा, "सभ्यों जैसी बातें करना हमने कब सीखा, बताओ ? जब से होश सँभाला है माँ-बाप को एक दूसरे के बाल नोचते और गालियाँ बकते देखा है। बस्ती के झगड़े देखते-देखते…", फटी बनियान खींचकर उदय मुँह पोंछने लगा तो सबके सब चुप हो गये।

'ओल्ड होम' !

सौम्य ने प्रवासजीवन द्वारा दिया कागज़ पढ़ने के बाद तह करके हाथ ही में रखते हुए पूछा, "यह सब क्या बकवास लिखा है तुमने ? दिमाग़ खराब हो गया है क्या तुम्हारा ? इसीलिए बुलाया था मुझे ? तुम्हारे लिए 'ओल्ड होम' में इन्तजाम करना पड़ेगा ?"

प्रवासजीवन बोले, "तू भी अपने भाई की तरह मिजाज गरम क्यों कर रहा है बेटा ? जो कुछ कहना है यहाँ पास बैठकर कह ना।"

(अर्थात् अहिस्ता बोलो)

सौम्य बोला, "कहने-सुनने को है ही क्या ? अब तो लगता है तुम्हें किसी दूसरे डॉक्टर को दिखाना होगा। ताज्जुब है। ऐसी अद्‌भुत बात तुम्हारे दिमाग़ में आयी कैसे ?"

प्रवासजीवन की इच्छा हुई कि कह दें—एकाएक नहीं रे बेटा, धीरे-धीरे तिल-तिल करके यह इच्छा दिमाग़ में आयी है। नहीं, दिमाग़ में नहीं मन में आयी है। तू क्या समझेगा एक मालिक जो कभी सर्वेश्वर था उसे इस तरह असहाय, निर्भर और सदा त्रस्त रहना पड़ता है, यह बात कितनी यातनापूर्ण है !

यही प्रवासजीवन अगर अपनी किसी इच्छा का दसांश भी प्रकट कर देते तो वह फौरन पूरी होती थी।

'सरोज लोग बहुत दिनों से नहीं आये हैं।' बातों ही बातों में कहते, 'आयें भी कैसे, कितनी दूर चले गये हैं।'

बस ! इतना कहना ही काफ़ी था।

अगले इतवार को प्रवासजीवन ने देखा सरोज सपरिवार चले आ रहे हैं। उस दिन दोपहर का खाना खाकर, सारे दिन रहकर शाम को वे लोग साल्टलेक वापस चले गये।

कौन हैं ये सरोज ?

कौन होंगे ? प्रवासजीवन की बड़ी दूर की रिश्ते की बुआ के लड़के हैं। एक ही पड़ोस में रहते थे और एक ही स्कूल में पढ़ते थे इसीलिए 'दूर' 'पास' में बदल गया था।

'अरे प्रनति ! देखो। ग़जब हो गया। इस पोस्टकार्ड को पढ़ा है ? कल सुबह ही घोंतोनदा बारासत से आ रहे हैं लड़की दिखाने।'

'पता है। पोस्टकार्ड मैं पढ़ चुकी हूँ पर इसमें परेशान क्यों हो रहे हो ? अपनी लड़की नहीं है। परायी ही को दिखाने में मदद कर दूँगी।'

'अरे, तुम्हारा तो काम बढ़ जायेगा !'

'तो क्या हुआ ? कल तुम ज़रा जल्दी निकलना बाज़ार के लिए। अच्छी एक मछली भर ला देना फिर तुम्हें कोई चिन्ता करने की ज़रूरत नहीं है। मुँह तो ऐसा बना रहे हो जैसे तुम्हारे ही सिर पर पहाड़ टूट पड़ा है।'

ये घोंतोनदा कौन थे ?

ममेरे बड़े भाई। सगे ममेरे भाई।

प्रवासजीवन जिन प्रियजनों के लिए कुछ करना चाहते थे प्रनति उनके लिए बहुत कुछ करती थीं।

जब प्रवासजीवन टोकते, 'इतना करने की क्या ज़रूरत थी ?

तब कहती थीं, 'आहा ! उनके साथ खाने जब बैठे थे तब तो मुँह पर सौ पॉवर का बल्ब जल उठा था।···ख़ैर, यूँ भी वे लोग रोज़ कहाँ आते हैं।'

'अरे सुनते हो जी। तुम्हारे गाँव के घर से मझली चाची आ रही हैं ···गंगा-स्नान करने। शायद दो दिन रुकें, कम से कम कहना तो पड़ेगा ही। तुम ऐसा करो, अच्छा गोविन्द भोग चावल मँगवा देना। और कल दफ़्तर से लौटते वक़्त उधर से अच्छा फल-वल लेते आना। शायद शशि ठीक से न ले सकेगा।'

हाँ, तब शशि काम करता था। भूषण नहीं आया था। देबू तो आया ही नहीं था।

शुद्धाचारिणी चचिया सास के लिए की जानेवाली यह सारी व्यवस्था आन्तरिक थी।

प्रनति बस एक ही बात बोलना जानती थीं, 'ये लोग क्या बार-बार आते हैं ?'

प्रनति के अपने मायके में ज़्यादा कोई नहीं था—प्रवासजीवन के ही रिश्तेदार ज़्यादा थे।

'देखो, मझली चाची तो कम ही आती हैं और फिर हम दे भी नहीं पाते हैं। तुम एक जोड़ी थान ले आना।'

इससे क्या प्रवासजीवन की आर्थिक दशा डावाँडोल होने लगती थी ?

नहीं।

यही जीवन था प्रवासजीवन का।

और अब ?

लाबू के लड़के को निचली मंज़िल के ख़ाली पड़े कमरे में न रख सके प्रवासजीवन।

क्या विधवा होने के बाद लड़कियाँ, औरतें ही असहाय होती हैं ? पुरुष नहीं ?

अब तो घर में आम, लीची आने पर कोई सोच ही नहीं सकता है कि काम करने वालों को भी देना चाहिए। सबको बराबर हिस्सा न सही, कुछ तो दिया जा सकता है।

पूछने की हिम्मत नहीं होती है। 'इनको दिया है ?'

इतना कहते ही कहीं सारा का सारा सामने लाकर न पटक दे और कहे, 'आप ही दे दीजिए जितना देने की इच्छा हो।'

कभी-कभार अपने प्लेट से, वह भी चोरी से, आम या मिठाई उठाकर देबू को देते हुए कहते हैं, 'आज कुछ भूख नहीं है रे देबू, तू खा ले। इतना न खा सकूँगा, उठा ले जाओ कहने में झंझट है।'

लेकिन यह सब बातें, क्या छोटे लड़के से कह सकते हैं ? कह सकते हैं क्या··· 'सौम्य, सबसे बड़ी तकलीफ़ है पराधीनता। असहायपन। भगवान ने मुझे हार्ट का रोगी बनाकर और भी असहाय बना दिया है।'

ख़ैर जो बात कह सकते हैं और जो सचमुच सबसे ज़्यादा कष्टकर हो रहा है वह है अकेलापन।

कोई नहीं है जिससे दिल खोलकर दो बात कर सकें।

बात करने लायक बातें भले न हों फिर भी वाक्शक्ति के रहते हुए भी गूँगे बनकर बैठ रहना क्या कम तकलीफ़ देह है ?

मन तो करता है किसी से देश के आजकल के हालात पर बातें करें, या अख़बार में पढ़ी किसी बात की किसी के साथ आलोचना करें। शुरू-शुरू में ऐसा किया भी था।

'आज का अख़बार देखा है दिव्य ?'

दिव्य मुँह बिगाड़कर कहता, 'आपकी तरह अख़बार पढ़ने का मुझे कोई शौक··· नहीं है। दफ़्तर में जाकर एक आध दफ़ा उलटकर देख भर लेता हूँ···सुबह कहाँ पढ़ने का वक़्त मिलता है ?'

'अख़बार पढ़ने का वक़्त नहीं मिलता है ? क्या कहता है रे तू ? मैं क्या कभी दफ़्तर नहीं जाता था ? ···चैताली तुमने पढ़ा है ?'

'पढ़ना क्या है ? देश भर में कितनी बहुएँ खून हुईं और कितनी बहुएँ कट मरीं, कितनी आत्महत्या करके स्वर्ग सिधारीं, यही सब खबरें हैं न ? वह आप ही पढ़िए।'

अच्छा, प्रवासजीवन के वे चचेरे, ममेरे, फुफेरे, मौसेरे रिश्तेदार सब गये कहाँ ? कोई

तो आता नहीं है !

वे लोग भी आयें क्यों भला ? वे क्या इस बात का अन्दाज़ा नहीं लगा सके हैं कि अब वह बात नहीं रही ?

जहाँ आकर देखते हैं गृहस्वामी फालतू माल बना एक तरफ़ पड़ा है, वहाँ उसके रिश्ते का ज़ोर ही कहाँ रहा ?

लेकिन यह सब कुछ कहना सम्भव नहीं।

प्रवासजीवन इसीलिए छोटे लड़के से बोले, "दिमाग़ खराब होने की क्या बात है ? जब हमारे समाज में यह व्यवस्था चल पड़ी है, और रोज़ ही ऐसी संस्थाओं में वृद्धि हो रही है तब ज़रूर इनमें कुछ अच्छाइयाँ हैं।"

सौम्य गम्भीर होकर बोला, "अच्छाइयाँ कैसी ?"

"यही जैसे, मेरे-जैसे बूढ़े लोगों को गपशप करने के लिए साथी मिल जाते हैं। सभी निकम्मे हैं, बेकार हैं···हालात मेल खा जायेंगे।"

"सिर्फ़ कुछ बुड्ढों का साथ पाओगे इसीलिए तुम अपना घर छोड़कर 'ओल्ड होम' में जाकर रहना चाहते हो ?"

सौम्य की नज़रें तीक्ष्ण अनुसन्धानात्मक थीं।

"अरे बाबा, वही क्या कम है ? हर समय लोनली फील करना···"

"देखो पिताजी, इसे तो किसी हद तक मान ही लेना होगा। लेकिन बूढ़ों का साथ पाने के लिए शाम को पार्क में जाने का भी तो एक नियम है।"

प्रवासजीवन बोले, "है नहीं, था। अब नहीं है। बैठने योग्य जितने भी पार्क थे वे सब समाजविरोधियों के क़ब्जे में चले गये हैं। लोहे की सारी बेंचें उखाड़कर 'टूटे-फूटे लोहा-लक्कड़' खरीदनेवालों को बेच दी गयी हैं। खुद वे लोग घास पर बैठकर शराब पीया करते हैं।"

"ठीक है। अब से तुम रामकृष्ण कल्चरल इन्स्टीट्यूट में नियमित जाना तो शुरू करो। यहाँ से ज़्यादा दूर भी नहीं है। वहाँ तुम्हें ज़रूर कुछ हमउम्र मिलेंगे। सत्, सभ्य, भद्र और सुन्दर परिवेश है वहाँ। अच्छी-अच्छी बातों की चर्चा होती है। मन को शान्ति मिलेगी।"

सहसा प्रवासजीवन बोल बैठे, "यह सब कितनी देर के लिए ? उसके बाद तो यहीं लौटना पड़ेगा। वही पराधीनता, वही निःसंगता···"

सौम्य ने पिता के चेहरे की ओर स्थिर दृष्टि से देखते हुए कहा, "पिताजी !"

प्रवासजीवन ने उसे देखा।

"तुम ज़रा खुलकर असली बात बताओ तो।"

प्रवासजीवन काँप उठे। "वाह ! असली बात क्या होगी ? यही बात है।"

"पिताजी ! यह तिमंज़िला मकान स्वयं तुमने बनवाया था। यह गृहस्थी माँ ने अपने हाथों से बनायी थी।"

केवल बनायी भर थी ?

ज़र्रा-ज़र्रा जोड़ा था। हर रोज़ जोड़ने के सपने देखती थी।

घर से बाहर निकली नहीं कि दुकानों की ओर उत्सुकतापूर्वक देखा करती।

'सुनते हो ? देखो ज़रा, कितनी सुन्दर बेंत की रैक्स हैं। पूछो न ज़रा, क्या दाम है।'

'आश्चर्य ! जो देखोगी वही चाहिए ? क्या करोगी ?'

'करना क्या है, काम आयेंगी। बरामदे में दोनों खिड़कियों के बीचोंबीच रखूँगी। अखबार, मैगजीन, सजा-सँवारकर रखने पर साफ-सुथरा लगेगा।'

'कब तक सजा-सँवरा रहेगा, ज़रा सुनूँ तो ?'

'अहा, ज्यादा इकट्ठा हो जायेगी तो हटा दूँगी। कुछ ख़रीदना चाहती हूँ तो तुम ज़रूर बाधा डालते हो।'

'तुमने जब तय कर लिया है तो लेकर ही रहोगी। जाओ, खुद ही उतरो और भाव-ताव करके मोटर पर चढ़ाओ।'

मोटर माने तो टैक्सी। खुद तो कभी मोटर ले नहीं सके प्रवासजीवन। परन्तु प्रनति को इसका कोई ग़म नहीं था।

'देखो, काँसे के बर्तन, बर्तन माँजनेवाली बहुत गन्दे माँजती है। मैं सोच रही हूँ हर महीने थोड़े-थोड़े करके स्टील के बर्तन ख़रीद लूँगी। छोटे-मोटे बर्तन तो बर्तनवाले से खरीद भी चुकी हूँ।'

'अच्छा, विनय मामा के यहाँ एक चीज देखी तुमने ?'

'एक क्यों हजारों चीज़ें देखी हैं।'

'उन हज़ारों की कौन बात कर रहा है ? मैं तो कह रही हूँ सीढ़ी की दीवार पर छोटी-छोटी ब्रैकेट अलगड़ियों की बात। छाता टाँगो, छड़ी टाँगो, वाटरप्रूफ टाँगो—यहाँ-वहाँ रखना नहीं पड़ेगा।'

प्रवासजीवन क्या-क्या याद करें ?

यहाँ उन बातों को कहना भी निरर्थक होगा। बोले, "इसमें क्या नयी बात है ? सब कुछ तो..."

"एकाएक पराधीनता का प्रश्न क्यों उठा ?"

विह्वल भाव से छोटे बेटे का चेहरा देखते हुए प्रवासजीवन ने पलटकर सवाल पूछा, "तू ही बता न क्यों ? क्यों मुझे हर समय बुद्धू बनकर बैठे रहना होगा ?"

सौम्य इन बातों से पूर्णतया अनभिज्ञ है ऐसी बात नहीं है। घर पर कम ही रहता है फिर भी छोटी-मोटी बातें देखता ही रहता है।

उठकर उसने कमरे में एक चक्कर लगाया। मेज़ पर रखी शीशी, बोतलों को उठा-उठाकर देखने के बाद आगे बढ़कर खिड़की का पर्दा एक तरफ़ खिसका दिया।

फिर एकाएक मुड़ा और प्रवासजीवन से पूछ बैठा, "अच्छा पिताजी एक बार कभी लाबू बुआ के लड़के को यहाँ रहकर दफ़्तर में काम पर जाने की बात हुई थी। वह कैंसिल क्यों हो गयी थी ?"

प्रवासजीवन फिर सिहर उठे।

वे क्या अपना दुःख-दर्द प्रकट करने के नाम पर छोटे बेटे के पास बड़े बेटे की बुराई कर बैठेंगे ?

न !-इतनी नीचता ठीक नहीं। शोभा नहीं देती है।

अनमने भाव से बोले, "मैंने बताया था न, माँ को गाँव में अकेले छोड़कर यहाँ रहने के लिए राज़ी नहीं हुआ। बोला, डेली पैसेन्जरी करेगा।"

सौम्य ने फिर पूरे कमरे का चक्कर लगाया।

"लाबू बुआ का और कोई नहीं है न ?"

"न।"

"तब फिर कहो न बुआ को साथ ले आये और यहीं रहे। नीचे के कमरे तो खाली ही पड़े हैं। तुम्हें भी बढ़िया एक कम्पनी मिलेगी।"

प्रवासजीबन लड़के की इस बच्चों जैसी बात पर ज़रा हँसे। बड़े-बूढ़ों की तरह बातें करना सीख गया है।

बोले, "तुम्हारी यह बात वास्तव में बुद्धिमत्तापूर्ण हुई क्या बेटा ?"

"वाह, क्यों नहीं ? ऐसे क्या कोई रहता नहीं है ? चाहे तो वह सेपूरेट व्यवस्था···माने विधवा हैं न इसलिए। ···एक बार कहने में हर्ज़ क्या है ? तुम इस तरह से कहना जैसे अपने फ़ायदे के लिए कह रहे हो।"

प्रवासजीवन के मन में प्रसन्नता की बिजली कौंध गयी। हालाँकि क्षणिक ही थी वह प्रसन्नता।

बेटे की ओर धुँधली दृष्टि डालकर बोले, "बुला लाऊँ और आदर-सम्मान के साथ रख सकूँगा इस बात की क्या मैं गारण्टी दे सकता हूँ ?"

सौम्य चुप हो गया।

सौम्य की आँखों के आगे लिपस्टिकयुक्त होंठों पर व्यंग्य और विद्रूप भरी रेखा स्पष्ट हो आयी।

सौम्य की आँखों ने अपनी अनुपस्थिति में घर की शून्यता को स्पष्ट रूप से देखा। और बुद्धिमान सौम्य सहसा एक मूर्खों जैसी बात कह बैठा।

"लगता है देबू ने ही तुम्हें डुबो दिया।"

सुनते ही प्रवासजीवन जी खोलकर हँसने लगे।

बोले, "तब फिर मान रहे हो न कि शॉकराइल गाँव का देबू माइती केयातला के प्रवासजीवन को डुबोने की क्षमता रखता है। हा···हा···हा···हा ।"

सौम्य भले ही अप्रतिभ हुआ हो, ज़ोर देते हुए बोला, "मेरे कहने का मतलब

है उसने असुविधा में डाल दिया है। हर वक़्त कहता था न कि बाबूजी के रहते मैं यह घर कभी नहीं छोड़ूँगा। और अब गाँव से लिख रहा है कि वापस नहीं लौटूँगा। गाँव में ही खेती-बाड़ी करेगा। ...तुम कुछ भी कहो यह उसने ठीक नहीं किया है।"

प्रवासजीवन बोले, "यह तो हम कह रहे हैं न। लेकिन एक बार उसकी तरफ़ से भी सोचकर देखो। इन्सान तो वह भी है न ! यहाँ ऐसी क्या नौकरी थी, क्या पोजीशन थी ? बाबू के घर का खिदमतगार ही तो था। जूते झाड़ता-पोंछता था। और वहाँ ? पूरा का पूरा एक इन्सान। शादी में ससुर ने उसे दो बीघा जमीन दी है जिसमें साल में दो फ़सल पैदा होती हैं। ससुर के कोई लड़का नहीं है–लड़के का मान वहाँ से भी मिलेगा। वहाँ माँ, भाई, घर, नयी ब्याही बहू है और है दामाद का लाड़-प्यार। हा...हा...हा। ज़रा-सी बात निभाने के लिए गुलामी करने लौट आयेगा ?"

ये खबर सौम्य ने बड़े पक्ष से सुनी थी।

दिव्य ने कहा था, "इसके मतलब बाबू घरजमाई बनने गये हैं, समझा सौम्य।"

और चैताली बोली थी, "हुँ। बल्कि यह कहो कि ससुर के खेत में बिना मज़दूरी के मज़दूरी करने गया है।"

फिर भी देबू के न लौटने से किसी और को असुविधा नहीं हो रही थी सिवाय प्रवासजीवन के।

प्रवासजीवन बोले, "तेरा भाई तो ऐसा गुस्सैल है कि उससे एक सलाह माँगना मुसीबत मोल लेना है। तेरा दिमाग़ ठण्डा रहता है इसीलिए तुझसे सलाह माँगने बैठा तो तूने कह दिया मेरा दिमाग ख़राब है। इसमें नुकसान क्या था, बता ज़रा ?"

सौम्य ने ज़रा देखा, फिर गम्भीर भाव से बोला, "नुकसान तुम्हारा होता या नहीं, यह नहीं जानता हूँ लेकिन तुम्हारे लड़कों का नुकसान होता। वे दूसरों के सामने मुँह दिखाने लायक़ नहीं रहते।"

प्रवासजीवन ने लम्बी साँस छोड़ी।

बोले, "तूने भी शादी-वादी नहीं की। घर में एक और बहू रहती तो..."

कहते-कहते सहसा चुप हो गये प्रवासजीवन। सर्वनाश ! क्या कहने जा रहे थे ? भूल ही गये थे कि दीवारों के भी कान होते हैं।

सौम्य पिता के अचानक चुप हो जाने के कारण हँसकर बोला, "तब तो हालत और गम्भीर हो जायेगी।"

रात को खाने बैठे थे दिव्य, सौम्य और चैताली। न जाने क्यों चैताली अपने देवर को नेकनज़र से देखती है। उसकी अवहेलना तो करती ही नहीं है बल्कि ख़ातिर

तवज्जो ही करती है। सौम्य के लौटने में कितनी भी देर क्यों न हो जाये, मेज़ पर उसकी प्रतीक्षा करती है। खाना स्वयं परोसकर देती है। भूषण केवल मेज़ पर खाना रख भर जाता है।

दो बड़े साइज़ के मछली के टुकड़े कटोरी में रखकर चैताली ने आगे बढ़ाते हुए कहा, "आज तो तुमने नया रिकार्ड बना डाला है।"

"किस बात का रिकार्ड ?"

यही, जल्दी घर लौटने का। शाम से पहले ही…"

सौम्य बोला, "पूछिए मत, ऐसा साधु संकल्प रोज़ ही रहता है लेकिन पूरा ही नहीं कर पाता हूँ। काटुम काटाम से तो जाने कब से मुलाक़ात नहीं हुई है। सो जाते हैं बेचारे। और पिताजी के साथ तो…", ज़रा-सा हँसकर बात यहीं खत्म कर दी उसने।

सौम्य पिता को 'तुम', पाँच साल बड़े भाई को 'तू' और भाभी को 'आप' कहता है।

शुरू-शुरू में दिव्य टोकता था, "अरे इन्हें तू 'आप' 'महाशया' वगैरह क्यों कहता है ?"

सौम्य कहता था, "महिला हैं, सम्मान देने के लिए कहता हूँ।"

यही बात चालू रह गयी थी। परन्तु बातचीत में सहजता, हल्कापन बराबर बना रहता है। अभी भी था।

लेकिन सामने बैठा दिव्यजीवन नामक इन्सान इस सहजालाप के दृश्य को देखकर मन ही मन खूब गुस्सा हो रहा था। आश्चर्य तो उसे हो ही रहा था।

यही महिला न अभी तक सर्पिणी की भाँति फुँफकार रही थी? ओफ़ ! कैसी भयंकर अभिनयपटु है !

दिव्य में यह गुण रत्ती भर नहीं है। धैर्य धारण करने की क्षमता ही नहीं है। अतएव उसी क्षण दिव्य बोल उठा, "तो वह दुःख शायद आज दूर हो गया है ?"

"माने ?"

"माने यही कि खूब महफ़िल ज़मी थी आज तो। रह-रहकर हँसी के ठहाके आसमान छू रहे थे। तो आज की बैठक में क्या तय हुआ ?"

सौम्य ने एक बार मियाँ-बीवी को देखा फिर कौतुकपूर्ण स्वर में बोला, "बात करनेवाले के अभाव के कारण 'बूढ़े महाशय' का दिल घबराता है। इसलिए उन्हें कुछ बूढ़ों की ज़रूरत है। और इसी बावत मेरे आगे अर्जी पेश कर रहे थे कि एक 'ओल्डहोम' का पता लगाऊँ।"

न ! दिव्य चौंका नहीं। अवाक् होकर प्रश्न नहीं पूछा। केवल क्रुद्ध होकर बोला, "ओ ! तो वे अपने स्वोपार्जित धन से निर्मित अट्टालिका को तजकर 'होम' में जा कर क्यों रहें ? बल्कि जिनके कारण असुविधा हो रही है वे ही अपना रास्ता नाप

लें। वे अपने घर में 'अपनों' को ले आयें, प्रतिष्ठित करें और सुख से रहें।"

सौम्य ने भाई के मुँह की तरफ़ देखा।

उसके बाद ठण्डी-सी आवाज़ में बोला, "महाशय की असली असुविधा क्या है जानते हो दादा ? हर समय, हर मामले में उन पर जासूसी करना। नज़रबन्दियों जैसी दशा है। जी का छटपटाना स्वाभाविक है। और ऐसा करना सिवाय बचपना ही कहलाता है। एक अर्थहीन नीचता।"

मछली वाली कटोरी उसने अपने सामने खींचकर खाना शुरू कर दिया।

रात को बिस्तर पर लेटे-लेटे सौम्य यही बात सोचने लगा। हाथ में पकड़ी किताब बन्द करके सोचता रहा, लोग ऐसी नीचता क्यों करते हैं ? क्यों एक निरीह निर्विवादी शरीफ़ इन्सान को हर समय नीचा दिखाने की कोशिश करते हैं ? क्यों उनकी अवज्ञा और अवहेलना करते हैं ? उनको अपमानित करते हैं ?

हाँ, न मानो 'पूजनीय' न मानो। अपने से 'बड़ा', 'गुरुजन', एक शरीफ़ आदमी मानने में तो कोई बुराई नहीं। वे बेचारे तो कहीं भी, किसी काम में अपने मालिक होने की बात नहीं करते हैं। अपना अधिकार जताते ही नहीं हैं। वरन् तुम्हीं लोगों के आराम से रहने का, निश्चिन्त शान्तिपूर्ण जीवन जीनें का एक रास्ता बना दिया है इसी आदमी ने। और तुम लोग···

चुपचाप सोचते-सोचते एकाएक उसे लगा, शायद यही कारण है। भीतर ही भीतर ये लोग ऋणबोध के कम्प्लेक्स से तड़प रहे हैं। आँखों के सामने ऋणदाता का हर समय रहना, इन्हें खटकता होगा।

पिताजी अगर अपने मालिकाने अधिकार को जताते रहते तो शायद ये लोग कुछ हल्कापन महसूस करते। प्रतिवाद करते, विरोध करते, विद्रोह करते और इस तरह से प्राप्त करते ये सुख, ये सुविधा तो शायद समस्या इतनी जटिल न बन गयी होती। लेकिन अब तो ये होने से रहा।

पिताजी बिना किसी शर्त के आत्मसमर्पण किये बैठे हैं।

अतएव ऋण के भार से हल्का होने का इन लोगों ने यही रास्ता चुन लिया है।

सहसा सौम्य को ध्यान आया कि वह अपने भाई-भाभी को 'इन्हें' 'उन्हें' सोच रहा है। बेरी बैड। वैसे क़सूर तो मेरा भी कुछ कम नहीं। मैं अगर पिताजी और घर-गृहस्थी के मामलों में इतना निर्लिप्त न हुआ होता तो शायद पिताजी में इतनी हताशा न जागती। उन्हें ऐसा नहीं लगता कि 'मेरा कोई नहीं है'।

वास्तव में मैं बड़ा ही अकृतज्ञ हूँ। पिताजी के लिए मैं कितनी चिन्ता करता हूँ ?''चिन्ता न करनी पड़ती अगर माँ रहतीं।

अगर माँ रहतीं।

सोचते ही मन में अजीब-सी उथल-पुथल होने लगी।

माँ ही को कहाँ याद करता हूँ ?

माँ का सदा प्रसन्न हँसता चेहरा याद आया। उसे याद नहीं आया कि उनके रहते कभी कोई उदास हुआ होगा।

और अब ?

लगता है गृहस्थी बोझ से दबी जा रही है।

फिर धीरे से किताब खोल ली उसने और तभी पिताजी की कही वह बात याद आ गयी, "तेरी बहू ही अगर रहती······।"

लेकिन यह क्या ?

सर्वनाश !

दिमाग़ में बात आयी नहीं कि लाल बनारसी साड़ी में लिपटी कौन पिताजी के पाँव छूकर प्रणाम कर रही है ?

कौन है ये लड़की ? कौन ?

नहीं। इस तरह की फ़ालतू बातों को प्रश्रय देना ठीक नहीं।

सौम्य ने किताब पर ध्यान दिया।

बिना किताब पढ़े नींद आने का प्रश्न ही नहीं उठता हैं।

पढ़ते-पढ़ते सारी चिन्ताएँ धीरे-धीरे गायब हो गयीं। जाने कब उसे नींद आ गयी।

परन्तु नींद में भी उसके मन पर उदासी के बादल छाये रहे।

बेचारे पिताजी !

अत्री और गौतम एकाएक ऐसा कुछ कर बैठेंगे, यह किसी ने सोचा नहीं था।

हो सकता है लड़कियों से अत्री ने कहा हो लेकिन इतनी जल्दी ? अभी ? लेकिन शादी की लग्न अगर आ ही जाये तो कोई क्या कर सकता है ?

हाँ, इस खबर को सुनकर सभी ने प्रसन्नता प्रकट की, बधाई दी और 'भोज' खिलाने का आग्रह किया।

और इसी मौक़े पर उन्होंने अपना प्रस्ताव पेश क्रिया। गौतम के घरवाले इस शादी के खिलाफ़ थे अतएव धूमधाम से बहू का गृहप्रवेश करने का सवाल नहीं उठता

था। वे लोग एक फ्लैट किराये पर लेने जा रहे थे। पर दोनों ही नौकरी करते हैं अतएव उन्हें एक काम करने के लिए आदमी चाहिए। इसीलिए 'भवेश भवन' के आश्रित उदय को ले जाने के लिए इच्छुक हैं। कुछ भी हो लौंडा विश्वासी है। इतने दिनों से देख तो रहे हैं उसे।

सौम्य ने कहा, "लेकिन तुम लोग शायद भूल रहे हो कि वह अभी भी शिशु वर्ग में शामिल है इसीलिए···"

गौतम बोला, "अरे छोड़ो शिशु वर्ग। यह लड़का ऐसा उस्ताद है कि इसे आसानी से अडल्ट कहा जा सकता है।"

"कहा जा सकता है लेकिन वह है तो नहीं न ?"

अत्री बोल बैठी, "इसके मतलब ये हुए कि तुम हमें इस सुविधा से वंचित करना चाहते हो।"

"कितने आश्चर्य की बात है ! हमारा असली उद्देश्य ही भूल रही हो तुम। भवेशदा···"

अत्री बोली, "यहाँ उसे श्रमिक वर्ग में डालने की बात ही कहाँ उठती है ? आश्रय के अभाव में यहाँ अकेले पड़ा हुआ है। वहाँ तो अच्छा आश्रय मिलेगा, अच्छा खाने को मिलेगा घर के लड़के की तरह रहेगा। देख लेना प्रस्ताव सुनकर 'डैम ग्लैड' हो जायेगा।"

इसके बाद सौम्य ने प्रतिवाद नहीं किया। सोचा, सच ही तो कह रही है। सौम्य क्यों विरोधी बने।

लेकिन उदय नामक लड़का क्या 'अच्छा घर', 'अच्छा खाना-पहनना' और 'घर के लड़के की तरह' रहने का आश्वासन पाकर 'डैम ग्लैड' हो गया ?

वह अनायास ही रूखे बालों के बोझ से भारी सिर को ज़ोर से हिलाकर बोल उठा, "न ! नहीं-नहीं। उदय नौकरगिरी के चक्कर में नहीं पड़ने वाला है। वह स्वाधीन ज़िन्दगी जीना चाहता है।"

ये उदय जैसे कोई दूसरा हो।

गौतम बोला, "ओह ! स्वाधीन जीवन ! इधर तो चायवाले की ख़िदमत में जुटा हुआ है।"

उदय ने अवहेलना दर्शाते हुए कहा, "वह तो अपनी मर्ज़ी से करता हूँ। बिना खटे पेट नहीं भरनेवाला। मैं काम कर देता हूँ, बदले में वह भात-दाल की थाली बढ़ा देता है। बस।"

गौतम के मन में आया इस ढीठ लड़के के गाल पर कसकर एक थप्पड़ जड़

दे। लेकिन गरज उसकी थी। बड़ी मुश्किल से मन में आयी बात पर अंकुश लगाया।

बोला, "तो यहाँ भी तो यही करना है। मैं यह तो नहीं कह रहा हूँ तुझे बैठाकर खिलाऊँगा। मेरा थोड़ा-बहुत काम कर दिया करना और क्या ?"

"नहीं। घरेलू नौकर माने ख़रीदा गुलाम। यहाँ मैं मज़े में हूँ। मुझे लेकर खींचा-तानी मत करो। थोड़ा बड़ा होते ही मैं रिक्शेवाला बन जाऊँगा।"

"ओ ! क्या उच्चाकांक्षा है !"

अत्री अपना गुस्सा न रोक सकी क्योंकि यह तो जैसे सामने से परोसी थाली छिन गयी। उसे पक्का भरोसा था कि यह लड़का उसकी गृहस्थी की नाव का खेवनहार होगा। ऐसा होशियार चौकस लड़का कहीं आसानी से मिलता है ? हाय अन्त में वही 'नाबालिग लड़की नौकरानी'। उसे घर में अकेली छोड़ जाओ तो कौन उसे सँभालेगा? कौन उसके गुणग्राहियों से उसे बचायेगा ? लौंडा इतना ढीठ है ?

अत्री क्रोध और क्षोभ से जर-जर होकर बोल उठी, "अगर हम चाहें तो तुझे इस घर से निकाल बाहर कर सकते हैं, जानता है ?"

"जानूँगा क्यों नहीं ? किराया तो देता नहीं हूँ जो मेरा ज़ोर बनेगा।"

"तब क्या करेगा ? कहाँ रहेगा ?"

सौम्य, ब्रतती तथा और दूसरे लोग गौतम और अत्री की इस छिछोरपन और नीचता से क्षुब्ध हुए।

सौम्य तो बोल भी उठा "अरे अत्री, यह सब क्या है ?"

लेकिन तब तक अत्री के प्रश्न का उत्तर आ चुका था।

"कहाँ क्या रहूँगा ? कह तो चुका हूँ कि किसी ने फुटपाथ तो नहीं छीन लिया है। कहो तो आज ही चला जाऊँ ?"

सौम्य ने कहा, "ए, पागलपन मत कर ! इतनी अक़्ल रखता है और ज़रा-सा मज़ाक नहीं समझता है ? जा, भीतर जा।"

एकाएक सौम्य को लगा इन्सान स्वार्थवश कितना नीचे गिर सकता है।

ब्रतती ने घर में घुसते ही देखा, परिस्थिति कुछ और है। दरवाज़े पर एम्बुलेंस खड़ी थी। उसमें से साड़ी से ढके दो पाँव दिखायी दे रहे थे। चाचा रुआँसे एम्बुलेंस पर चढ़ने जा रहे थे। ड्राइवर चढ़ चुका था।

स्तब्ध रह गयी, "बात क्या है ?"

"भीतर जाओ, माँ से सुनना।" कहकर चाचा ने धोती के कोने से आँखें पोंछ लीं।

एम्बुलेंस चली गयी।

भीतर जाकर देखा—माँ चाचा के दोनों बच्चों को छाती से चिपटाये बैठी हैं। उनकी आँखों से लगातार आँसू बह रहे थे।

ब्रतती उनके पास ज़मीन पर ही बैठ गयी।

बोली, “माँ, क्या बात है ?”

माँ बिलख उठीं, “तेरी चाची शायद चल दी रे तूतू। अब क्या वह लौटेगी ?”

दोनों लड़के लड़की भी रोने लगे।

ब्रतती ने लगभग डाँट लगाते हुए कहा, “ओहो, बड़े आश्चर्य की बात है। क्या हुआ है कुछ तो बताओगी ? चाची को हुआ क्या है ?”

माँ सिर पीटते हुए बोली, “जो कुछ हुआ है वह मैं इन लोगों के सामने कैसे कह सकती हूँ ? सर्वनाशी लड़की है, सर्वनाश कर बैठी है।”

“ठीक है—बाद में ही बताना।” चिढ़कर ब्रतती उठी और कमरे में चली आयी।

पीछे-पीछे माँ भी आ गयी। और दबी आवाज़ में बोली, “एक गड़बड़ी कर बैठी, तो हुआ क्या ? क्या किसी के इस उम्र में कुछ होता नहीं है ? उम्र ही क्या है ?”

“माँ। प्लीज़, ज़रा साफ़ साफ़ बताओ।”

“साफ़ साफ़ क्या बताऊँ। अभी उम्र ही क्या है फिर भी वह बच्चे नहीं चाहती थी। इसीलिए तुम्हारे चाचा से छिपाकर जाने कौन-सी दवा खा बैठी….”

“समझ गयी हूँ। अब बताने की ज़रूरत नहीं है।” और इस अग्निकुण्ड से बचने के लिए ब्रतती जल्दी से नहाने चली गयी।

अच्छा, लाबू नामक उस लड़की का क्या हुआ ?

लाबू को महिला कहने की इच्छा नहीं होती है। न जाने क्यों लड़की ही लगती है वह। शायद महिला सुलभ गम्भीरता उसमें नहीं है इसलिए।

और उस दिन क्या हुआ ?

जिस दिन लाबू ने मन ही मन सोचा, ‘बेटा अरुण कुमार ! अब मैं तुमसे डरने वाली नहीं। मैं जानती हूँ क़ानून अपने हाथों में लेना।”

उस दिन तो वह सचमुच ही बालिका लग रही थी। लग रहा था उसे राज्य मिल गया है।

उसे तो यही सवाल आता है जिसका जवाब दो और दो चार होता है।

‘तुम्हारी लड़की को मेरे लड़के से प्रेम हो गया है अब तुम भाग कर जाओगे कहाँ ?’

लेकिन फिर भी लड़की का नाम तो ले नहीं सकती है—घुमा-फिराकर ही बात चलानी है।

लड़के को खिला-पिलाकर सुलाने के बाद भी, आधी रात तक वह किस तरह से बात शुरू करेगी, रिहर्सल देती रही।

आज भी लड़का गम्भीर था।

'ठीक है बच्चे, तुम्हारे मुँह पर हँसी मैं लाकर ही रहूँगी।'

लाबू ने दो-दो चार का ही हिसाब जाना था। वह नहीं जानती थी कि दो और दो बगल-बगल रखो तो बाईस हो जाता है।

मिंटू की माँ आसमान से गिरी।

"एकाएक तुम पागल-वागल हो गयीं क्या नयी बहू ?"

लाबू की सारी सजी-सजायी गोटें बिखर चुकी थीं। बड़ी मुश्किल से वह बोली, "लड़की को जन्म से देखती आ रही हूँ, दीदी। बड़ी ममता हो गयी है। मन ही मन सोचा था, अरुण ज़रा सँभल जाये तो आकर मिंटू को आपसे माँग लूँगी।"

मिंटू की माँ ज़रा मीठी हँसी हँसकर बोलीं, "तुम्हारा अरुण और कितना सँभलेगा नयी बहू ?"

फिर शायद नयी बहू का चेहरा देखकर दया आ गयी। कुछ नरम पड़ी। बोलीं, "और अगर ऐसा कुछ होना है तो यह भी तो देखना पड़ेगा कि समय कितना लग जायेगा। इधर एक इतना अच्छा रिश्ता आया है कि इन्होंने भी बचन दे दिया है। तुम्हीं सोचो इससे इनका सिर कितना झुकेगा। मिंटू तुम्हारी लड़की के बराबर है। अरुण के साथ भाई-बहन जैसा सम्बन्ध है। सहसा उसे बहू बनाने का शौक कैसे पैदा हो गया ?"

लाबू लाचार हुई क्योंकि वह अनुभव कर रही थी, छिपकर कोई उनकी बातें ज़रूर सुन रहा है। लाबू अगर अभी से हार मानकर हथियार डाल देगी तो वह क्या सोचेगी ?

इसीलिए लाबू बोली, "भाई-बहन की तरह हैं लेकिन सचमुच तो भाई-बहन नहीं हैं। मुझे लगता है दोनों में⋯"

"क्या हुआ, चुप क्यों हो गयीं ? उन दोनों में क्या है ? लव ? ज़रा नाटक उपन्यास पढ़ना कम करो नयी बहू। बेकार की बातें दिमाग से झाड़ डालो और ठण्डी होकर बैठो। चाय पीओगी ? ओ रे मिंटू, अपनी नयी चाची को चाय तो पिला।"

लाबू उठकर खड़ी हो गयी। बोलीं, "नहीं दीदी। अभी पीकर आयी थी।"

परन्तु मूर्ख लाबू की सज़ा क्या यहीं खत्म हुई ?

लाबू का प्राणप्रिय बेटा कहर बनकर नहीं फट पड़ा क्या ?

"माँ ! तुम उस घर की ताईजी के पास कल गयी थीं ?"

लाबू अपने आप में नहीं रही।

लाबू के चेहरे का रंग ही बदल गया।

"किसलिए गयी थीं ?"

लाबू को काठ मार गया।

"बताओ ? किसलिए गयी थीं ?"

लाबू पत्थर।

"उफ़ ! जाने से पहले एक बार मुझसे पूछा तक नहीं माँ ? मेरे मुँह पर कालिख़ पोत कर ही मानी न ? मेरी तो समझ में नहीं आ रहा है कि अपने इस अपर डिवीजन क्लर्क लड़के के लिए तुम राजकन्या माँगने कैसे चली गयीं। केवल राजकन्या ? अब तो वह राजरानी बनने जा रही है। ओफ़ ! सब कुछ जानबूझ कर भी एकाएक तुम्हारे सिर पर यह भूत क्यों सवार हुआ माँ ?"

गरजता बादल अब बरसने को तैयार था।

"ताऊजी ने तो विश्वास ही नहीं किया कि मैं कुछ नहीं जानता हूँ। मीठे-मीठे जूते मारते हुए…"

चुप हो गया।

फिर सँभलकर बोला, "एकाएक तुम्हारे दिमाग़ में यह बात आयी कैसे माँ ? ओफ़ !"

तो क्या लाबू चिल्लाकर कहे, "अरे ओ अभागे ! वह लड़की ही मेरी शरण में आयी थी, मैंने उसे आश्वासन दिया था।" परन्तु लाबू यह न कह सकी। जान रहते वह ऐसा न कर सकेंगी। जब उसका बेटा ही शक्तिहीन है तब कहने से फ़ायदा ? वरना केवल प्यार के बल पर उस लड़की को अभिभावकों की बन्द मुट्ठी में से निकालकर नहीं ला सकता था ?

लाबू धीरे से बोली, "एकाएक दिमाग में यह बात नहीं आयी थी बेटा। हमेशा ही मन में यह बात थी कि उस अच्छी-सी लड़की को बहू बनाकर लाऊँगी। उसके माँ-बाप के पाँव पकड़कर माँग लूँगी। केवल सुदिन की प्रतीक्षा थी। एकाएक उसकी शादी की ख़बर मिली तो सब गड़बड़ा गया। इसीलिए…"

अच्छा यह बात क्या लाबू ने बनाकर कही थी ? अथवा बनाकर कहने चली तो अपने मन को देख पायी ?

लाबू ने देखा मन में यह बात बहुत दिनों से थी। बनायी बात नहीं, सच बात थी।

अरुण थोड़ी देर तक गुमसुम बैठा रहा। उसके मन में 'प्रेमभंग' से ज़्यादा अपमानित होने का दुःख था।

ताऊजी की कही बात भूलती नहीं थी। लगा था चाबुक मार रहा है कोई।

"खुद हिम्मत करके कहने आते तो तुरन्त जवाब पा जाते बेटा। बुद्धू, सुद्धू, सीधी-सादी माँ के द्वारा यह पागलों जैसा प्रस्ताव भेजना उचित नहीं हुआ है। वह बेचारी बेकार में तुम्हारी ताईजी से अपमानित हुई।"

अरुण एकाएक बोला, "अब यहाँ से डेरा उठाना पड़ेगा। उसी ताऊजी के घर के सामने से ही स्टेशन जाना पड़ता है। दूसरा कोई रास्ता ही नहीं है।"

लाबू कुछ न बोलीं।

लाबू क्या अपमान की आग में नहीं झुलस रही थी ? इसी के साथ-साथ दुखी थी कि मिंटू के साथ मुलाकात नहीं हुई।

क्या पता अभी भी आस लगाये बैठी न हो।

सुनीला की आशंका ही सच हुई। ब्रतती की चाची फिर कभी नहीं लौटीं। अस्पताल से ही दुनिया छोड़कर चली गयीं।

ब्रतती अवाक् होकर सोचती, ऐसी एक ज़बरदस्त महिला, सुनीला के शब्दों में 'अपने को जाने क्या समझती है,' जो ऐसे पाँव पटककर चलती थी मानो उसके आगे सब कीट-पतंगे हैं, वह इन्सान तुच्छ-सी एक चक्षुलज्जा से छुटकारा पाने के लिए प्राणों की ही बलि दे बैठी ?

'इतनी उम्र में फिर एक···'

बस इतनी-सी बात पर और कुछ नहीं ?

हालाँकि उन्होंने यह नहीं सोचा होगा कि इसके लिए दुनिया ही छोड़नी पड़ जायेगी। सोचा था चुपचाप सब ठीक हो जायेगा।

ब्रतती को याद नहीं आया कि उसे अपनी चाची से कोई ख़ास प्रेम था। परन्तु इस समय उसे भी बहुत बुरा लग रहा था।

बेचारी चाची, जी भरकर अच्छी-अच्छी साड़ियाँ पहन न पायीं। कलफ़ लगी इस्त्री की तह पर तह साड़ियाँ लगी हुई हैं आलमारी में। साथ ही ढेरों नयी साड़ियाँ भी रखी हैं।

एकाएक उसे बरामदे के बीचोंबीच बाँधी गयी रस्सी पर टँगी चाची की गीली साड़ियों का ध्यान आया। साड़ियों के नीचे पानी टपकता रहता था। सुनीला कहती थीं, "झूठ-मूठ के लिए कपड़ों को भिगो-भिगोकर फैला देती है जिससे उसे हमारा मुँह न देखना पड़े।"

माँ की बात सोचकर भी ब्रतती उदास हो जाती। उसकी माँ इतनी साधारण क्यों है ? उसकी माँ न तो है निर्भर करने योग्य, न ही श्रद्धायुक्त प्रेम पाने योग्य।

गौतम और अत्री ने 'भवेश भवन' से सम्बन्ध तोड़ लिये थे। और जो भी आता था, अनियमितता आ गयी थी आने में उनके। केवल सुकुमार ही रोज आता था और भवेश के लटके कपड़ों के सामने खड़े होकर सारे दिन के काम का ब्यौरा पेश करता था। चाय मँगाकर पीता, उदय के साथ गप्पें हाँकता।

उदय सुकुमार को कहता, "पगलाबाबू।"

सुकुमार पूछता, "तुझे अपनी माँ की याद नहीं आती है उदय ?"

"आये भी तो क्या कर सकता हूँ ? बस वह सुख से होगी यही सोचकर खुश हो लेता हूँ। कुछ न सही, खाने-पीने का तो आराम है।"

"यह तूने कैसे जाना ?"

"जानता हूँ। वह चाचा अच्छा इन्सान है। माँ की हमेशा इज्ज़त करता था। पर हाँ, जी करता है कि कोई मेरे बाप का ख़ून कर दे।"

"ऐं! यह क्या कह रहा है ?"

"जो मन कर रहा है वही कह रहा हूँ। ऐसे बुरे इन्सान को पृथ्वी पर रहने का कोई हक़ नहीं।"

इस मोहल्ले के अनेकों ऐसे घर हैं जहाँ नलों में पानी नहीं आता है। कॉरपोरेशन की व्यवस्था ऐसी ही होती है। कुछ पानी भरनेवाले, डीप ट्यूबवेल़ से पानी ला-लाकर हर घर में सप्लाई करते हैं। उदय जाने कैसे उस दल में भिड़ गया है। बाल्टी भर-भर के पानी पहुँचाता है।

अर्थात् किसी तरह से भी अपने पेट भरने भर की कमाई वह कर ही लेता है।

ब्रतती ने कभी कहा था, "इसे या इसके जैसों को तुम रोक कैसे सकते हो सौम्य ? जन्म से ही इन्हें मालूम है, इन्हें कुछ न कुछ कमाना है।"

बस पकड़ने के लिए चलते-चलते बातें हो रही थीं। एकाएक ही सौम्य पूछ बैठा था, "अच्छा ब्रतती, तुम्हें क्या लगता है, सुकुमार पागल़ हो रहा है ?"

ब्रतती मुस्करायी।

बोली, "मुझे क्या लगता है सुनकर क्या करोगे ?"

"बाधा हो तो कहने की ज़रूरत नहीं है।"

रास्ता चलते-चलते भावुक दृष्टि से देखना सम्भव नहीं, हाँ स्वर गाढ़ा किया जा सकता है।

उसी गाढ़े स्वर में बोली, "तुम्हें बताने में बाधा कैसी ?"

उसके बाद हँसकर बोली, "मुझे लगता है यह एक तरह का आत्ममोह है। आत्म-छलना भी कह सकते हो। वह स्वयं ही अपने आपको ऐसा देखना चाहता है,

सोचना चाहता है। और दस जनों से वह भिन्न है, अलग है। यह उसका अब नशा-सा हो गया है।"

फिर हँसी।

कहती रही, "असल में बहुत लोगों में ऐसे शौक़ होते हैं। अगर 'अ-साधारण' न बन सके तो 'अ-स्वाभाविक' बनने की साधना करना। हालाँकि यह मेरी धारणा मात्र है। मैं सोचती हूँ इन्हीं के जैसे लोगों को ही 'स्वआदेश' मिला करता है, ये लोग ही धर्मकथा सुनाते फिरते हैं, इन्हें ही गड़ी हुई भगवान की मूर्ति मिलती है। ये लोग ही तावीज़, कवच आदि बाँटते फिरते हैं। फिर भी इन्हें धोखेबाज़ या ठग कहना ठीक न होगा। क्योंकि ऐसे लोग स्वयं ही नहीं समझ पाते हैं कि वे क्या कर रहे हैं। अगर हम सहसा सुकुमार को किसी चौराहे पर खड़े होकर भाषण देते देखें तो शायद आश्चर्यचकित नहीं होंगे।"

सौम्य ने हँसकर पूछा, "तुम यह सब बातें सोचती कब हो ?"

"बैठे-बैठे सुबह से शाम तक सोचती हूँ ऐसा नहीं है। फिर भी कभी-कभी ऐसी बातें दिखाई पड़ जाती हैं तो सोचना पड़ जाता है। 'कुछ विशेष' बनने के लिए ही शायद यह लोग उलटे-सीधे रास्ते पकड़ लेते हैं।"

सौम्य हँसते हुए बोला, "तब तो हमें सुकुमार को वॉच करना होगा।"

बस-स्टैण्ड आ गया। सौम्य को लगा भवेशदा के घर से बस स्टैण्ड तो दूर था। एकाएक आज इतना पास कैसे सरक आया ?

घर लौटते ही ब्रतती ने अनुभव किया कि बड़े ज़ोर-शोर से खाना बनाया जा रहा है। छौंक की महक, कल्छी चलाने की आवाज़ और उसी के साथ-साथ लोगों के बोलने की आवाज़ दूर तक सुनायी पड़ रही थी।

अब बरामदे के बीच में बँधी रस्सी खोल दी गयी थी। दो चौके भी समाप्त हो गये थे। सारा खाना इधर ही बनता था।

चाचा में भी अद्‌भुत एक परिवर्तन आया था। ब्रतती देखती है, चाचा अपनी भाभी की महानुभवता पर बिछते चले जा रहे थे, कृत-कृत्य हो रहे थे। भाभी ने उनकी गृहस्थी की नाव का चप्पू थामकर मज़े से खेना शुरू कर दिया, गृहस्थी विशृंखल नहीं हुई, बच्चों को ज़रूरत से ज्यादा प्यार मिलने लगा तो उनका कृतार्थ होना स्वाभाविक ही था।

ब्रतती ने आकर देखा कि माँ रसोईघर में हैं और चाचा वहीं दरवाज़े के पास एक मोढ़े पर बैठे-बैठे बातें कर रहे हैं।

पास ही चटाई बिछाकर खूकू और बबुआ पढ़ रहे थे। माँ की मृत्यु के बाद से वे दोनों पढ़नेवाले कमरे में नहीं पढ़ते हैं। सोनेवाले कक्ष में भी नहीं जाते हैं। जब तक उनके पिता घर नहीं लौट आते हैं वे अपनी ताई के आसपास ही चक्कर काटा करते हैं। उनसे सटकर बैठे-बैठे किस्से-कहानियाँ सुना करते हैं। चाचा को भी माँ की हाँ में हाँ मिलाते देखकर ब्रतती बड़ा आश्चर्य करती। क्या पहले कही गयी कटूक्तियाँ इतनी जल्दी बिसर गये ? शर्म नहीं आती है ?

चाचा के हावभाव से लगता ही नहीं है कि कभी वे किसी दूसरी रसोई में खाना खाते थे।

कभी माँ दुःखी होकर कहती थी, "नयी-नयी ब्याह कर आयी थी तो हमउम्र देवर से मेरी खूब पटरी खाती थी। हम दुनिया जहान की बाते किया करते थे। बातें थीं कि ख़त्म ही नहीं होती थीं। आज वही आदमी मुझसे बोलता तक नहीं है। जब भी बोलने आता है, गालियाँ बकता है, गन्दी बातें करता है।"

माँ की बातें सुनकर कभी-कभी ब्रतती पूछ लेती थी, "तब क्या बातें करती थीं ?"

माँ बतातीं, "इतना याद थोड़े ही है ! और फिर बातों का कोई सिर-पैर तो था नहीं। तेरे चाचा ही बाहर की ख़बरें ले आया करते थे। नया-नया कॉलेज में दाखिला हुआ था। अपने को खूब क़ाबिल समझते थे। नये-नये दोस्त भी हुए थे। कितनी बातें बताते थे। बड़े ही हँसमुख थे।"

चाचा हँसमुख थे यह बात ब्रतती को भी याद है। बचपन की, बाल्यकाल की नोटबुक में यह बात दर्ज़ है।

लम्बी साँस छोड़कर माँ कहतीं, "फिर यह 'गलफुल्ली' आयी और एक इन्सान बिल्कुल ही बदल गया।"

ब्रतती ने दरवाज़े में एक नया ताला लगा लिया है। एक चाभी उसके पास रहती थी। पहले चाचा जब दरवाज़ा खोलने आते थे तब जिस तरह से देखते थे, ब्रतती का मन कड़ुआ हो जाता था। अब उसने यह व्यवस्था कर ली है।

ऊपर आते ही माँ बोल उठती हैं, "ओ माँ ! तू आ गयी है ?" एकाएक देखकर मैं चौंक उठी थी।

लेकिन आज ऐसा कुछ नहीं हुआ।

सीढ़ियाँ चढ़ते-चढ़ते ही उसने सुना, माँ कह रही हैं, "बाहर से ही ज़रा गुस्सैल और ज़िद्दी थी, उसका मन भीतर से अच्छा था।"

समझ गयी, चाची का प्रसंग छिड़ा है।

माँ की आवाज़ में खुशामद का पुट था।

यह भी एक रहस्य है। माँ जाने क्यों उनसे इसी तरह बातें करती हैं। मन रखते हुए हर बात को करती हैं तो ब्रतती को आश्चर्य होता है।

चाचा की आवाज सुनायी पड़ी। लम्बी साँस छोड़ते हुए वोले, "अब तो ऐसा ही लगता है। तुम तो उसे हमेशा से ऐसा समझती थीं।"

माँ का विषादपूर्ण स्वर उभरा, "भरापूरा घर छोड़कर चली गयी। कितना शौक़ था, कितने अरमान थे।"

"हाँ, कहा था इस साल दशहरे की छुट्टियों में कहीं घुमाने ले चलना होगा।"

"दुनिया के किसी स्थान पर जाना नहीं हुआ।"

ब्रतती समझ गयी पुरानी बातें दोहरायी जा रही हैं।

विषाद और वेदनापूर्ण दार्शनिक युक्तियाँ।

ब्रतती बरामदे में बैठे दोनों बच्चों के पास गयी और बैग से निकालकर दो चॉकलेट बढ़ा दिये।

"ओ माँ ! दीदी।"

"ईश दीदी ! तुम कितनी अच्छी हो ! आज फिर चॉकलेट ले आयी हो। अभी तो परसोंवाला ही रखा है।"

"अरे ! क्या कह रहा है ? चॉकलेट क्या कोई रख देने की चीज है ?"

पिताजी ने जो कहा, "पूरा खा जाओगे क्या ?"

"दुर ! पूरा तो खाना ही था।"

अब चाचा बोल उठे, "रोज़-रोज़-फालतू खर्च क्यों करती है बेटी ?"

"फ़ालतू खर्च कहाँ ? चॉकलेट तो बच्चों की चीज़ है।"

माँ चौके से निकल आयी।

उनके हाथ में पकड़ी प्लेट में नाश्ता लगा था।

चाचा के सामने रखकर बोल उठीं, "तू आ गयी है, अच्छा ही हुआ है। आ, गरम-गरम दाल की पकौड़ियाँ बना रही हूँ तेरे चाचा को लाई के साथ खाना पसन्द है —अच्छा लगे तो भई और माँग लेना।" आखिरी वाक्य चाचा के लिये था।

ब्रतती ने माँ की तरफ़ देखा, माँ के चेहरे पर प्रसन्नता, परितृप्ति की स्निग्धता विराज रही थी। थोड़ी देर पहले वह उदास होकर किसी को कुछ कह रही थीं, वह बात अब उनके चेहरे पर नहीं थी।

ब्रतती ने जैसे माँ को नये सिरे से देखा।

देख-देखकर अवाक् होने लगी।

तो क्या माँ गृहस्थी की दूसरी परिस्थिति में ज़्यादा सुखी हैं ?

सोचते हुए कष्ट हो रहा था फिर भी सोचा उसने।

सोचे बग़ैर उपाय नहीं था। बड़ा ही स्पष्ट और प्रत्यक्ष था। गृहस्थी के इस हाल ने जैसे माँ में कर्मशक्ति कूट-कूट कर भर दी थी। पहले लगता था माँ बूढ़ी हुई जा रही हैं लेकिन अब ऐसा नहीं लगता है। नये सिरे से सब कुछ ठीक कर रही थीं, सजा-सँवारकर रख रही थीं। चौका, भण्डार सब व्यवस्थित कर रही थीं।

चारों वक़्त नये-नये पकवान, नयी सब्जियाँ। चाचा की पसन्द का हर खाना जैसे अभी बनाकर खिला देना था।

खूकू बबुआ को प्रयोजन से अधिक प्यार देकर हैरान कर रखा था उन्होंने। काम ख़त्म हुआ नहीं कि पूछतीं, "अरे तू पढ़ चुकी खूकू ? आ कहानी सुनाऊँ।"

माँ ही जायेंगी उन्हें खिला-पिलाकर सुलाने, उनकी मसहरी टाँगने, रात को प्यास लगे तो पानी पीएँगे, इसलिए पीने का पानी भी वही रख आयेंगी।

चाचा जितना भी कहते, "भाभी, यह सब काम तो मैं ही करता था।"

माँ उतना ही कहतीं, "तुम चुप तो रहो। यह सब काम क्या मरदों का है ?"

माँ के गले की आवाज़ में खुशी की झलक रहती।

ब्रतती गहरी साँस छोड़ती।

न, उसे माँ पर गुस्सा नहीं आया। वितृष्णा भी नहीं हुई। हुई करुणा।

सुनीला को जमकर घर चलाने का बड़ा शौक़ है।

'प्रयोजनीय' बनने की बड़ी लालसा है।

आज तक वही लालसा अपूर्ण थी।

ब्रतती के लिए तो उनका प्रयोजन समाप्त हो गया था।

और गृहस्थी में ?

वहाँ ही क्या रह गया था ?

बनायेंगी, खिलायेंगी, आदर जतन करेंगी, है क्या ऐसा कोई ?

अब तो जैसे किसी भूमिहीन कृषक को मुफ़्त में सहसा एक ज़मीन का टुकड़ा मिल गया है।

चेहरे पर उसी प्राप्ति की छाप न रहेगी क्या ? चेष्टाकृत विषण्णता और कष्ट-कल्पित स्मृतिचारण से क्या इस छाप को ढका जा सकता है ?

परन्तु ब्रतती का इस वातावरण में जी घबराने लगा।

फिर एक दिन चौंक उठा दिव्य।

बोल उठा, "माई गॉड ! क्या कह रही हो ? तुम्हारी कंकनादी फिर एक शादी कर बैठी है ?"

चैताली के मन में चाहे कुछ हो परन्तु मुँह से बात पर जोर डालते हुए बोली, "तो इसमें आसमान से गिरने की क्या बात हो गयी ? वह क्या आजीवन सहेली की पेईंग गेस्ट बनकर पड़ी रहती ? कोई स्थायी व्यवस्था तो चाहिए न ?"

"हाँ, बात तो ठीक है।"

चैताली की बात युक्तिहीन नहीं थी।

उसी युक्ति को और मज़बूत करने के लिए चैताली बोली, "जानते हो, इतने बड़े शहर में एक अच्छे से लेडीज़ हॉस्टल में सीट तक नहीं मिली कंकनादी को। वेटिंग लिस्ट ही में इतने नाम थे।"

"तो छोड़ो। अन्त तक एक रहने का ठौर-ठिकाना तो मिल ही गया है न ! वर कौन है ?"

"वह मैं कैसे जानूँगी ? तब भी सुना है खूब बड़े बिजनेस मर्चेण्ट हैं। खूब पैसा है।"

"बंगाली हैं या ग़ैर-बंगाली ?"

चैताली नाराज़ होकर बोली, "पता नहीं। लेकिन अगर ग़ैर-बंगाली हों तो ? इससे कुछ फ़र्क़ पड़ेगा ? ऐसी ही साम्प्रदायिक मनोवृत्ति के कारण ही हम आज भी ऐसे रह गये हैं।"

'कैसे' रह गये हैं यह खुद चैताली को भी पता नहीं था। दिव्य दाढ़ी बनाते हुए बोला, "खैर, तो तुम क्या अपनी कंकनादी के नये पतिगृह में घूमने जा रही हो ?"

"जा रही हूँ ? वाह, खूब ! अकेले-अकेले मैं कहीं जाती हूँ ?"

"नहीं, माने थोड़ी देर पहले टेलीफोन पर ऐसा ही कुछ कहते सुन रहा था न !"

"ओ ! तो छिपकर टेलीफ़ोन सुना जाता है ?"

"बड़ी मुश्किल है ! अरे जाने-जाने जैसी कोई बात कर रही थीं इसीलिए कह रहा था।"

"जब सभी कुछ सुन चुके हो तब बन क्यों रहो हो ? कंकनादी कह रही थीं, मोटर भेज देंगी—मुझे जाना पड़ेगा। तुम्हें कब सुविधा होगी बता दोगे तो···"

मन ही मन दिव्य ने सोचा, 'जाना ही पड़ेगा ऐसी तो कोई जबरदस्ती नहीं है।'

फिर बोला, "अरे और कुछ दिन बीत जाने दो न। इस समय उनका हनीमून टाइम है। बेकार हम लोग जाकर डिस्टर्ब करेंगे··· "

चैताली मुस्कराकर बोली, "डिस्टर्ब क्यों करेंगे ? यही तो समय है लोगों को बुला-बुलाकर दिखाने का।"

"कुछ भी कहो, 'धनी' 'अमीर' के नाम से ही मुझे डर-सा लगता है।"

"क्या ? डर लगता है ? अमीर लोग क्या तुम्हें काटने आते हैं ?"

दिव्य हँसने लगा। बोला, "प्रत्यक्ष न सही, परोक्ष में। मन में मैं महसूस करता हूँ जैसे कोई काट रहा है।"

"जो दूसरों से ईर्ष्या करते हैं उन्हीं का ऐसा स्वभाव होता है। इसे ईर्ष्या की जलन कहते हैं।"

"अब चाहे तुम कुछ कहो। लेकिन मैं ऐसा नहीं सोचता हूँ। मुझे जाने कैसी

उलझन-सी हुआ करती है। तुम्हारी तरह सहज ही में मुझसे भिड़ते नहीं बनता है। उनके वहाँ जाकर डॉनलोपिलो के सोफे में जब धँस जाओ तब समझ में नहीं आता है कि अपने हाथ-पाँव का क्या करें। बार-बार यही लगता है सब मुझे ही देख रहे हैं। मुझ पर हँस रहे हैं।"

"इसी का नाम है हीनता का बोध। तुम्हारे हावभाव से लगता है अमीर लोग अजीब चीज़ हैं। और जैसे अमीर बनना एक सामाजिक अपराध है। अमीर बनता है इन्सान अपनी कैपेसिटी से—समझे ? जिनमें यह कैपेसिटी नहीं होती है वे ही धनी आदमी के नाम पर नाक-भौं सिकोड़ते हैं या फिर डरा करते हैं। एक आदमी ने एक तलाक़शुदा लड़की से शादी की, उसे महारानियों की तरह रखा है, यह बड़प्पन क्या कम प्रशंसनीय है ? मन कितना उदार होगा तभी…"

मन ही मन दिव्य ने जो कुछ कहा उसे मन में ही दबाये रखना सुरक्षित समझ बोला, "बहुत ज़्यादा प्रेम करने लगे होंगे, और क्या ?"

"वह तो है ही। कंकनादी जैसी लड़की एक और दिखा सकते हो ?"

समानान्तर चल रहा था सोचना और बोलना।

(मैं तो गुण का एक क़तरा नहीं पाता हूँ उनमें। जितना जी चाहा मेकअॅप कर लिया, जी भर कर नखरा किया। हर वक़्त सिगरेट पीते रहना अगर 'गुण समझती हो तो गुण ही होगा। मैं तो ऐसे गुण से घृणा करता हूँ।)

"वह तो है ही, तुम्हारे जीजाजी बड़ा धोखा खा गये।"

"जीजाजी का दोबारा नाम मत लेना। एक नीच आदमी।"

(ऐसी बात है ? कभी तो यही जीजाजी तुम्हारे आदर्श पुरुष थे। शरीफ़ आदमी की पहचान के लिए इन्हीं जीजाजी का उदाहरण देती थीं।)

"हाँ, उन्होंने ग़लती की थी। आहा ! इसी शहर में तो रहना है। अगर दिखाई पड़ जाये कि कभी जो उनकी पत्नी थी वही बड़ी-सी क़ीमती एक कार पर एक दूसरे आदमी के साथ हँसते-खिलखिलाते सॉय से सामने से निकल जाए तो बेचारे के दिल पर जाने क्या गुज़रेगी ?"

चैताली फिर मुँह बिचकाकर हँसी।

"अगर क्या ? ऐसा तो होगा ही। कंकनादी हँस-हँसकर कह रही थी कि वह अभागा जहाँ-जहाँ जाता है, जिन जगहों के चक्कर काटता है, वहीं ज़्यादा-ज़्यादा जायेगी। वह देख ले उनकी क़ीमत क्या है।"

दनदनाती हुई एक मालगाड़ी चली गयी। इसके बाद ही एक लोकल ट्रेन छूटेगी। कुछ

देर बाद दूसरी। सुबह एक के बाद एक कई ट्रेनें जाती हैं।

अरुण अपना भारी सूटकेस उठाये बढ़ता चला आ रहा था। जल्दी चल पाने के लिए बार-बार उसे सूटकेस को इस हाथ से उस हाथ करना पड़ रहा था। सहसा आँखों पर विश्वास न कर पाने की वज़ह से ठिठककर खड़ा हो गया।

ठीक देखा है ?

लेकिन ग़लत देखने का सवाल ही कहाँ उठता है ?

टिकट ख़रीदनेवाले काउण्टर के सामने से, लाइन के बाहर निकल आयी मिंटू।

खरीदा टिकट पर्स के भीतर रखते-रखते तेज़ी से आगे बढ़ आयी।

सामना होते ही तेज़ तीख़ी आवाज़ में हँसकर बोली, "अरे ! यह रहे हमारे वीरपुरुष ! आखिरकार रणक्षेत्र से पीठ दिखाकर भागने का कौशल ही अख़्तियार कर लिया ?"

अरुण ने व्यंग्यभरी इस बात को अनसुनी करते हुए चकित होकर पूछा, "तुम यहाँ ?"

"मैं भी तुम्हारे साथ चल रही हूँ।"

अरुण उसके उत्ताप रहित हावभाव देखकर विचलित हुआ। बोला, "इसके मतलब ?"

"मतलब बेहद सीधा-सादा है। तुम्हारे साथ ट्रेन पर चढ़कर तुम्हारे ही कन्धों पर चढ़ बैठूँगी। अभी-अभी तो टिकट ख़रीद कर आयी हूँ। तुम्हारे पास तो मन्थली टिकट है। मेरे पास यह टिकट है। सात बजकर पाँच मिनटवाली ट्रेन तो शायद आ भी गयी—इस पर जाना न हो सकेगा। सात बजकर बत्तीस मिनटवाली पकड़ते हैं—चलो आगे बढ़ चलो।"

अरुण ने मिंटू की तरफ़ देखा।

सहसा उसने पाया मिंटू अपूर्व सुन्दरी है। पहले कभी उसने क्यों नहीं ध्यान दिया था ? परन्तु उसका चेहरा तो इस समय आनेवाली विपत्ति की ओर संकेत कर रहा है।

इस समय मिंटू का रूप निहारे, वह वक़्त कहाँ ?

"मिंटू यह सब कैसा पागलपन है ? छिः ! घर जाओ।"

"घर लौट जाने के लिए तो आयी नहीं हूँ। तुम्हारे साथ जाऊँगी यही तय करके आयी हूँ।"

"बच्चों जैसी बातें मत करो मिंटू! मेरे साथ जाने के कोई माने होते हैं ?"

"हर समय हर कोई मानेवाला काम ही करेगा, इसके क्या माने हैं ?"

"मिंटू।…"

"कहो।"

"पागलपन मत करो। मैं तो इस समय मझधार में बह रहा हूँ।"

"मैं भी ऐसा ही चाह रही हूँ, अरुणदा।"

"मिंटू, मैं तुम्हारे आगे हाथ जोड़ता हूँ। घर लौट जाओ। कोई देख लेगा तो न जाने क्या सोचेगा। मेरी तो समझ में नहीं आ रहा है कि ताईजी की नज़र बचाकर तुम चली कैसे आयीं ?"

"एक लड़की जब ठान लेती है तब, अरुणदा, वह दुःसाध्य कार्य भी कर सकती है। तुम अगर उसका चवन्नी भर ठान सकते अरुणदा, तो झट से मेरा हाथ पकड़ते और ट्रेन पर अचक कर चढ़ जाते।"

"मिंटू ! मैं तो तुम्हारे पिताजी से हाथ जोड़कर कह आया हूँ कि मैं **'ग़रीब'** हूँ।"

दाँतों के बीच होंठ दबाकर मिंटू बोली, "वह तो मैं देख ही रही हूँ। फिर भी मैंने देखना चाहा कि तुम्हारी असली दरिद्रता कहाँ है। ख़ैर, तो तुममें साहस नहीं है ?"

"मैं स्वीकार कर रहा हूँ मिंटू। तुम्हारे लिए सुख का सिंहासन रखा है। मुझ जैसे एक अभागे के साथ अपना जीवन जोड़कर उसे बरबाद क्यों करोगी ? मैं तुम्हारा बुरा नहीं चाहता हूँ।"

मिंटू का चेहरा लाल होकर तमतमाने लगा।

"तुममें इस बात को समझने की अक़्ल है क्या कि क्या बुरा है और क्या भला ?"

"मुझमें जितनी बुद्धि है उसी के आधार पर बुरा-भला समझ लेता हूँ।"

"खाक़ समझ लेते हो। तुम··· तुम एक कापुरुष हो।"

चारों तरफ़ लोग ही लोग। कितने लोग आ-जा रहे थे। यात्री, कुली, ज़मादार। ट्रेनें आ रही थीं इसीलिए भीड़ बढ़ती जा रही थी।

अरुण बेहद नर्वस हो गया परन्तु मिंटू निर्विकार खड़ी थी।

"मैं अगर तुम्हारी जगह पर होती न अरुणदा, तुम्हारे इन अत्यन्त पूजनीय ताऊ-ताई को सबक सिखलाकर ही दम लेती।"

मिंटू का ऐसा तीव्र कठोर रूप इससे पहले अरुण ने कभी देखा नहीं था।

धड़धड़ की एक आवाज़ ने पाँव तले की ज़मीन तक को हिला दिया।

क्या यह केवल ट्रेन जाने की आवाज़ भर थी ? या आमने-सामने खड़े दो प्राणियों के मन से उठ रही थी यह आवाज़ ?

"मिंटू मुझमें सबक सिखाने की क्षमता कहाँ है ? यह बात तो सच है कि वामन होकर मैंने चाँद को छूने के लिए हाथ बढ़ाया था···"

"चुप रहो। और दैन्यभाव जताने की ज़रूरत नहीं है। उचित सबक तो होगा कि ईमानदारी से हो या बेईमानी से, खूब रुपया कमाना फिर उन्हीं मियाँ-बीवी की आँखों के सामने एक तिमंज़िला मकान बना डालना। फिर एक अमीर घर की सुन्दरी

लड़की ब्याह कर उनके नाक के सामने रहना शुरू कर देना।"

"यह काम···", अरुण हँस दिया।

"हँसने की बात नहीं है, अरुणदा। तुम्हें धनी होना ही पड़ेगा। कम से कम मेरे घमण्डी माँ-बाप की नाक नीची करने के लिए तुम्हें अमीर बनना ही होगा।"

"और तुम ?"

"मैं ?"

मिंटू के चेहरे पर एक कड़ुवी हँसी खेल गयी।

"मेरे लिए तो तुमने कह ही दिया है। सोने का सिंहासन रखा है। तो फिर तुम मुझे साथ नहीं ले जा रहे हो ? फाड़ डालूँ टिकट ?"

"अरे, अरे फाड़ती क्यों हो ? अभी भी वापस हो जायेगा।"

"ओहो ! यह बात भी ठीक है।" मिंटू पहले जैसे परिचित ढंग से हँसने लगी।

अरुण कुछ शंकित होकर बोला, "मिंटू, मेरी ट्रेन अभी आ जायेगी। तुम घर चली जाओ।"

"जल्दी क्या है ?"

"मिंटू, अच्छी लड़की—चली जाओ। मुझे बहुत बुरा लग रहा है।"

"डरो मत, अरुणदा। जैसे ही तुम ट्रेन पर चढ़ोगे मैं उसके नीचे दबकर मरूँगी इस बात के लिए मत डरो। निर्भय होकर जा सकते हो। पड़ोस की लड़की की शादी का निमन्त्रण-पत्र ज़रूर मिलेगा। इच्छा हो तो आना। अगर जी चाहे तो कमर पर तौलिया बाँध कर मछली, गोश्त, पुलाव, पूड़ी परोसने भी लग जाना। देखना, मैं शादी का जोड़ा पहने गाँठ बाँधे पति के पीछे-पीछे मोटर पर चढ़ बैठूँगी।"

"मिंटू मैं तुम्हारा भला चाहता हूँ।"

"थैंक्यू ! यह तो तुम पहले भी कह चुके हो, और कितनी बार कहोगे ? मैंने विश्वास कर लिया है ··बस न ?"

"तुम वादा करो मिंटू अच्छी तरह से रहोगी ?"

मिंटू ने फिर हँसना शुरू कर दिया।

"अरे अरुणदा, तुम्हारे ये डॉयलॉग तो पचास साल पहले के बुद्धू क़िस्म के नायकों जैसे लग रहे हैं। 'अच्छी तरह रहूँगी।' इस बात की गारण्टी तो नहीं दे सकूँगी लेकिन हाँ कभी अख़बार की सुर्खियों में मेरा नाम तुमको पढ़ने को नहीं मिलेगा। मिंटू इतनी बुद्धू नहीं है, अरुणदा। ज़िन्दगी उसकी निगाहों में इतनी सस्ती नहीं है।"

अरुण विह्वल होकर देखता रहा।

मिंटू में वह एक अपरिचिता को देख रहा था।

पहलेवाली हवा-सी हल्की उज्ज्वल किशोरी कब ऐसी प्रगल्भा युवती में परिवर्तित हो गयी ?

अरुण ने कब से नहीं देखा था मिंटू को ?

मिंटू ने ही बात को समाप्त कर दिया।

"क्या हुआ ? बुद्धू की तरह देख क्या रहे हो ? वह देखो तुम्हारी ट्रेन आ गयी है। इसे मिस किया तो असुविधा बढ़ जायेगी।"

"मिंटू !"

"क्या ?"

"वादा कर रही हो ?"

"कैसा वादा ? ट्रेन के नीचे कटकर मरने की बात या गले में फाँसी लगाकर लटकने की बात ? दियासलाई जलाकर, मिट्टी का तेल छिड़ककर मरने की बात तो नहीं कर रहे हो ? निर्भय होकर जाओ। पर तुम भी मेरी एक शर्त याद रखना अरुणदा—अमीर तुम्हें बनना ही होगा। घमण्डियों को मुँहतोड़ जवाब देने की हिम्मत होनी चाहिए।"

ट्रेन आयी। चली गयी।

भीड़ के कारण अरुण फिर दिखाई नहीं पड़ा। मिंटू को अरुण ने भी नहीं देखा।

थोड़ी देर बाद रिक्शा में चढ़कर मिंटू के माँ-बाप आ गये।

माँ बोली, "तू फट से कब निकलकर चली आयी ?"

मिंटू बोली, "वाह ! तुम्हीं ने तो कहा, तेरे पिताजी तो अभी तक बाज़ार से वापस नहीं आये हैं मिंटू, न हो तू ही टिकट की लाइन में लग जा।"

"कहा था क्या ?" रिक्शा से उतरकर हाँफते हुए माँ बोलीं, "तो निकलते वक़्त बताकर नहीं आना चाहिए था क्या ? मैं सब समझा देती।"

"समझाने की क्या बात थी?"

"वाह, हम लोग चले आये। तू अकेले-अकेले खायेगी। सुन, मछली-भात सब चौके के ऊपरवाले ताखे पर रख आयी हूँ।"

"अच्छा बाबा अच्छा, मैं सब देख-सुनकर ले लूँगी।"

"देख न, अपनी बड़ी मौसी को तो तू जानती ही है। ख़ुद जाकर नहीं कहूँगी तो उनकी मानहानि होगी। फिर गहना-वहना भी तो तेरी बड़ी मौसी का सुनार ही···"

"जानती हूँ, जानती हूँ। और तो कुछ नहीं कहना है न ? लो, ये टिकट पकड़ो।"

पर्स खोलकर दो उत्तर-पाड़ा जाने के लिए टिकट निकालकर दिये मिंटू ने।

"शाम होते-होते वापस आ जायेंगे। वनमाली की माँ से कह आयी हूँ, चली न जाये, जब तक हम लोग आ नहीं जाते हैं···"

मिंटू बाप के कान में न पड़े ऐसी आवाज़ में बोली, "पहरेदार बैठाकर जा रही

हो ? कहीं मैं भाग न जाऊँ, क्यों ?"

"ओ माँ, बात करने का ढंग देखो। अच्छा, रसोई की तरफ़ तुझे कुछ करने की जरूरत नहीं है। मछली-तरकारी मैं सब बनाकर रखे जा रही हूँ, लौटकर चावल बना लूँगी।"

"माँ ! तुम्हें और भी कुछ कहना है ?"

"और क्या कहना होगा ?"

"तब मैं घर जा रही हूँ। एक ट्रेन अभी छूटी है। अगली आने में थोड़ी देर है।"

जल्दी से वह घर जाने के लिए चल पड़ी।

परन्तु मिंटू ने क्या अरुण से सारी बातें बना-बनाकर ही कही थीं ? मिंटू के मन में क्या असम्भव-सी एक आशा सिर उठाने के लिए जोर नहीं मार रही थी ?

मिंटू के पिता रिक्शावाले को किराया चुकाकर आ गये। बोले, "माँ-बेटी में इतनी क्या बातें हो रही थीं ?"

"क्या बातें होंगी ? यही कि कहाँ क्या रख आयी हूँ। रात को खाना न बनाये।" फिर एकाएक बोल उठीं—"सुनते हो जी, अरुण अब यहाँ नहीं रहेगा। कलकत्ते में मेस में रहेगा।"

"रहे तो ही मंगल है। ···तुमको किसने बताया ?"

"वनमाली की माँ ने। वह लाबू के यहाँ गाय की देखभाल करती है न !··· लड़की तो तभी से हर समय ढाल-तलवार लिये फिर रही है।"

"सब ठीक हो जायेगा। मैंने भी ऐसा घर जुटाया है।"

"उस दिन अरुण को तुम्हारा इस तरह से अपमानित करना ठीक नहीं हुआ था।"

"इसमें बेठीक की क्या बात थी ? ठीक ही तो कहा था। हमेशा से घर का लड़का समझता आया। भाई-बहन की तरह मिलते-बोलते थे। एकाएक माँ को कहने के लिए भेज दिया कि मिंटू के साथ शादी करेंगे। सुनकर सिर पर खून नहीं सवार हो जायेगा ?"

लेकिन शायद माँ से बड़ा कोई बेहया नहीं होता है। अगर ऐसा न होता कि इतने दिनों बाद लड़का एकाएक डेली पैसेंजरी करने में असुविधा हो रही है कहकर मेस में रहने चला, तो लाबू हाहाकार न करके, सावधान करते हुए बोली, "वही कलकत्ते

रहने जा रहा है। शुरू-शुरू में प्रवासदा ने इतना कहा था लेकिन 'माँ को अकेला नहीं छोड़ूँगा' कहकर रहने को तैयार नहीं हुआ था। अब तो जाकर रह सकता है ? कितने खुश होंगे वे। अच्छा मेस ही कहाँ जल्दी मिलेगा ?"

अरुण क्या माँ की बात सुनकर निष्ठुर हो सका था ? कह सका था, 'आग्रह वाली बात मेरी बनायी हुई बात थी, माँ। और चाहे कुछ हो, तुम्हारे प्रवासदा के पहले जैसे दिन अब नहीं रहे हैं।'

नहीं ! माँ के साथ अरुण काफ़ी निष्ठुरता बरत चुका है। अब उससे यह काम नहीं होगा।

बोला, "न बाबा ! मुझसे बड़े आदमियों के घर-वर में नहीं रहा जायेगा।"

लाबू ने लम्बी साँस छोड़ते हुए कहा, "तू तो कह रहा है अभी मेस का जुगाड़ नहीं हो सका है। दोस्त के यहाँ जाकर रहेगा। तेरा ऐसा कौन दोस्त है ?"

"अरे माँ, वह क्या मुझे मुफ़्त में रहने देगा ? या मैं ही वैसे रहूँगा ? बातचीत सब हो चुकी है।"

इस पर लाबू क्या कहती ?

जिसके सपने भंग हो जाते हैं उसके लिए कहने को बचता ही क्या है ?

ज़रूरत भर का थोड़ा-बहुत सामान, कुछ कपड़े एक सूटकेस में डालकर रवाना हुआ था अरुण। माँ के लिए ही मन भारी हो रहा था। किसने सोचा था कि ट्रेन पर चढ़ते ही वह म्लानकुण्ठित बेचारी-सी मूर्ति आँखों के सामने से हट जायेगी और उसकी जगह ले लेगी तेज आग-सी धधकती एक नयी मूर्ति ?

पूरा समय मन पर उसी के छोड़े तीखे व्यंग्यवाण चुभते रहे। उसकी तीव्र दृष्टि सारे शरीर को छलनी करती रही।

कितने आश्चर्य की बात है ! ऐसा एक भयानक काम करने मिंटू आयी कैसे ?

परन्तु मिंटू क्या अरुण की शर्त पर विचार करेगी ? भयानक कुछ न कर बैठेगी ? अगर अरुण को बाद में पता चला कि ठीक उसी समय मिंटू ने रेलगाड़ी के नीचे···

अरुण क्या अगले स्टेशन पर उतर जाये ? वापस जाती किसी ट्रेन पर चढ़ जाये ? उससे कुछ लाभ होगा क्या ?

लेकिन मिंटू ने तो कहा है, 'मैं तुम्हारी तरह मूर्ख नहीं हूँ अरुणदा।'

'ज़िन्दगी इतनी सस्ती नहीं होती है।' कहा था, 'मैं देखना चाहती हूँ कि तुम अमीर-धनवान बन गये हो। उन घमण्डी मियाँ-बीवी को उचित उत्तर दे दिया है तुमने।'

ट्रेन की तरफ़ बढ़ते हुए अरुण ने पूछा था, 'इससे तुम्हें क्या लाभ होगा ?'

मिंटू ने कहा था, 'हर तरह के लाभ क्या दृष्टिगोचर होते हैं अरुणदा ? फिर भी याद तो कर सकूँगी कि मैंने एक पत्थर को दिल नहीं दिया था।'

पहली बार इतने स्पष्ट शब्दों में आत्म प्रकाश किया था मिंटू ने।

'सचमुच मैं एक कापुरुष हूँ। कायर हूँ मिंटू।'

'सचमुच ही एक पत्थर हो तुम।'

लड़के के रहने के ठिकाने का पता बहुत पहले ही चल गया था उदय की माँ को। लेकिन लड़का पकड़ में नहीं आ रहा था। जाने कब कहाँ काम करने चला जाता है। 'भवेशभवन' में भी ऐसा कोई नहीं रहता था जो पता बता देता।

अचानक एक दिन मिल गया।

एक नये बन रहे मकान के सामने लॉरी पर से ईंटें उतार रहा था। उसके साथ दो जवान आदमी भी थे।

उदय की माँ भागकर वहाँ पहुँची।

बोली, "तू यह काम कर रहा है उदय ?"

माँ के हृदय का आर्तनाद सुनकर उदय का हृदय भी आर्तनाद कर उठा। फिर भी उदय ने हाथ का बोझ सामने हाथ बढ़ाकर खड़े आदमी को पकड़ाते हुए कहा, "क्यों ? काम में बुराई क्या है ?"

"इस उमर में यह काम ? याद नहीं है आताबागान में वह बहनजी आकर क्या कहती थीं ?"

"बहनजी की बात छोड़ो।"

माँ ने पूछा, "और कितनी देर तक यहाँ खटना होगा ?"

"यही जब तक ईंटें लॉरी से उतर नहीं जाती हैं। क़रीब-क़रीब हो गया है।"

"मैं उधर पेड़ के नीचे जाकर खड़ी होती हूँ, उदय। तू काम खत्म करके झटपट चला आ।"

माँ को देखकर उदय का हृदय तड़प रहा था लेकिन दिल की बात होठों पर लानेवाला जीव वह नहीं। इसके अलावा उसे लग रहा था, उधर पेड़ के नीचे केष्टो चाचा भी खड़े हैं।

मुँह बिचकाकर लापरवाही जताते हुए बोला, "क्यों ? मुझसे तुझे क्या काम है ?"

"माँ के लिए तेरा दिल कभी रोया नहीं उदय ?"

"रोये भी तो क्या करूँ ?"

इसी समय लॉरी वाला बिगड़कर डाँटने लगा।

उदय बोला, "अब तू यहाँ से चली जा न।"

निर्मला वहाँ से हट गयी।

लेकिन चली नहीं जायेगी वह। लड़के को ले जायेगी।

लेकिन वह जायेगा क्या ?

क्यों जायेगा ?

"मुझे यहाँ कोई तकलीफ नहीं है। मैं मज़े में हूँ।"

"तुझे छोड़कर मुझे बड़ा कष्ट होता है रे उदय। चल बेटा, मेरे साथ चल। बहुत अच्छा घर है। घर में कोई अभाव नहीं। कमी नहीं।"

आग्रहपूर्वक उदय ने पूछा, "सारी घर-गृहस्थी तेरी ही है ?"

निर्मला का चेहरा उतर गया।

हाथ की बीड़ी फेंककर अब केष्टो आगे बढ़ आया।

"मैं तो तेरे लिए पराया नहीं हूँ, बेटा। अपना आदमी हूँ। एक लड़का पालने लायक क्षमता है मुझमें। तेरी माँ लड़का-लड़का करके मरी जा रही है।"

"नहीं। मैं बहुत मज़े में हूँ।"

निर्मला लगभग बिलख पड़ी, "इसे तू मज़े में रहना कहता है ? तेरा केष्टो चाचा कितना चाहता है तुझे। कितना ढूँढ़ने के बाद..."

केष्टो भी बोला, "चल न मेरे बाप ! सुख से रहेगा।"

"सुख मुझे बरदाश्त नहीं होता है।"

"बूली हर समय तुझे याद करके 'दादा'-'दादा' किया करती है। चल न बेटा ! सब मिलकर इकट्ठा रहेंगे।"

उदय ने एक बार माँ के मुँह की तरफ़ देखा फिर केष्टो चाचा की तरफ़। आदमी बुरा नहीं है। मन में इसके दया-माया है।

फिर भी उसने सिर हिलाया।

"न ! अच्छा साधीन जीवन जी रहा हूँ।"

केष्टो बोला, "वहाँ भी तू साधीन जीवन ही जीयेगा। कोई तुझसे कुछ नहीं कहेगा।"

"मेहनत करके कमाने दोगे ?"

निर्मला चौंक उठी।

"लो, इसकी बात सुनो। जिसके लिए इतना कुछ हो गया, तू वही करना चाहता है ? अब तो हमें किसी तरह का अभाव नहीं है, बेटा। मैं खुद पाँच घर काम करती हूँ और अपने केष्टो चाचा को तो जानता ही है। डाकघर में काम करता है। अब तो तनख़्वाह भी बढ़ गयी है।"

जंगली घोड़े की तरह गर्दन टेढ़ी करके उदय फिर भी अकड़ा रहा, "वह तुम लोगों का मामला है। मैं साधीन रहना चाहता हूँ।"

केष्टो ने जल्दी से मध्यस्थता करनेवाली आवाज़ में कहा, "अच्छा बेटा, वही

करना। ईंटें ढोने के अलावा भी दुनिया में बहुत तरा के काम हैं। घर में रहेगा, माँ के हाथ का बना खाना खाएगा—तेरी माँ अच्छा कुछ पकाते ही कहती है, उदय को यह बहुत पसन्द है।"

उदय सहसा ज़िद्दी और सन्देही स्वर में बोल उठा, "लेकिन इससे पहले तो कभी माँ को इतना प्रेम जताते नहीं देखा था। अब अचानक…"

निर्मला रो पड़ी।

आँचल से आँखें पोंछते हुए बोली, "तब क्या मैं अपने आपकी मालिक थी रे ! तेरा हरामी बाप रात-दिन दाँत किटकिटाता और मारा करता था। उस पर मेरी रोज़गार की कमाई हाथ मरोड़कर छीन लेता था शराब पीने के लिए। हर दिन खाने तक को नहीं मिलता था, प्रेम क्या जताती…चल बेटा हमारे साथ।"

उदय बोला, "अभी कैसे जाऊँ काम छोड़कर ?"

"अभी तो तूने कहा काम खत्म हो गया है।"

"मजदूरी नहीं लेनी है क्या ?"

केष्टो ने पूछा, "हाथों हाथ दे देते हैं क्या ?"

"नहीं देंगे तो कौन ठेके पर काम करेगा ?"

"तब ठीक है। तेरी माँ घर चली जाये, मैं खड़ा हूँ। तुझे साथ लेकर घर जाऊँगा।"

"तुम समझा दो न घर कहाँ है, मैं खुद ही चला आऊँगा।"

"वह तू नहीं समझ सकेगा। रेल लाइन के पल्ली तरफ़ है। मैं खड़ा हूँ न।"

एकाएक उदय भौंहें सिकोड़कर बोल उठा, "मुझे लेकर इतना खींचातानी क्यों कर रहे हो ? ज़रा अपना प्रयोजन तो साफ़-साफ़ बताओ ?"

केष्टो से तुरन्त कुछ कहते न बना। इस सवाल की उसे आशंका नहीं थी। सँभलकर बोला, "प्रयोजन क्या होगा…तेरी माँ रोया करती है।"

"अच्छा चलो, चलता हूँ।"

"मज़दूरी नहीं लेगा ?"

"मेरी मज़दूरी मेरा दोस्त लेकर रख देगा।"

"हर रोज़ कितना देते हैं ?"

"कोई ठीक नहीं है। जिस दिन जैसा… सैकड़े पर दाम लगाते हैं।"

निर्मला बोली, "काम बड़ा तकलीफ़ का है रे उदय।"

"मैं पूछता हूँ किस काम में तकलीफ़ नहीं है ? तुम जो पाँच घर बर्तन माँजती फिरती हो वह आराम का काम है ?"

घर अच्छा है।

खुला, हवादार।

बूली और उदय केष्टो चाचा के साथ बरामदे में खाने बैठे। मोटा चावल, शील मछली, पोई साग की चच्चोड़ी और आँवले की चटनी खाकर बड़ा अच्छा लगा।

उदय ने पूछा, "बाप यहाँ आकर झमेला तो नहीं करता है ?"

"यह है कि···नहीं तो !"

निर्मला और केष्टो एक बार अर्थपूर्ण दृष्टि से एक दूसरे की तरफ़ देखते हैं।

लेकिन तब तक बूली बोल पड़ती है, "बाबा अब आताबागान में रहता कहाँ है ? "ताड़ी की दुकान के मालिक ने सिर फोड़ दिया है···बाबा तो इस समय जेल में बन्द है।"

"ऐं ! अभी तक यह बात बतायी क्यों नहीं थी ?"

निर्मला उदास होकर बोली, "ऐसी क्या खुशखबरी है जिसे सबसे पहले बताने बैठ जाती ?"

उदय अचानक ही-ही करके हँसने लगा, "तब तो अब उदय का परिचय है 'जेल गये बाप का बेटा'। मैं पूछता हूँ क्या अच्छा बनने का मैंने ठेका लिया है ? है ! बोलो ? ख़ैर जाने दो।" उठकर खड़ा हो गया।

निर्मला जल्दी से बोली, "अरे खाना खाते ही कहाँ चल दिया ?"

"जहाँ रहता हूँ।"

निर्मला का चेहरा सफ़ेद पड़ गया।

"यहाँ नहीं रहेगा ?"

"नहीं-नहीं। खाने को कहा, खा लिया। उदय बन्धन में बँधनेवाला नहीं।"

रास्ते तक बूली पीछे-पीछे भागती चली आयी, "फिर नहीं आयेगा दादा ?"

"न।"

"ए दादा ! रह जा न रे !"

उदय एक मिनट के लिए रुका।

अपनी छह-सात साल की बहन की तरफ़ देखकर बोला, "क्यों रहूँ ? यह क्या मेरे बाप का घर है ? मर्द लोग ऐसे घरों में नहीं रहते हैं।"

लम्बे-लम्बे डग भरता चला गया।

काम करने का उत्साह नहीं रहा।

धीरे-धीरे सभी अपने-अपने जीवन के दायित्व के बोझ तले दबते चले जा रहे थे।

शायद भवेश भौमिक नामक वह व्यक्ति जीवित रहता तो ऐसा न होता।

एक 'आदर्श' तब तक सब में प्रेरणा जगाता रह सकता है जब तक उस 'आदर्श' का जनक सामने उपस्थित रहता है। वही उज्ज्वल परिस्थिति खुद-ब-खुद प्रेरणा देती रहती है।

अब भवेश भवन का एक मात्र हाजिरी भरनेवाला प्राणी है सुकुमार। वह आता है। अगरबत्ती जलाता है। भवेशदा को सम्बोधित कर कुछ बातें करता है। फिर उनके तख़्त पर औंधे लेटकर लिखना शुरू कर देता है।

क्या लिखता है ?

वह बात सुकुमार ही जानता है।

उदय के पास अगर समय रहता है तो कभी-कभी आकर दरवाज़े के पास बैठता है।

पूछता है, "भइयाजी, तुम इतना सब क्या लिखते रहते हो ?"

"वह तेरी समझ में नहीं आयेगा।"

"समझा दोगे तो समझ जाऊँगा।"

"दुनिया में क्या कभी ऐसे आदमी का आविर्भाव होगा जो···"

"क्या 'भाव' होगा ?"

"ओफ़्फो ! 'भाव' नहीं आविर्भाव। माने क्या ऐसा कोई जन्म लेगा जिसकी बुद्धि के बल पर दुनिया में दुःख-कष्ट नहीं रहेगा। हर आदमी सुखी रहेगा ?"

उदय ने पूछा, "तुम 'अवतार' की बात कर रहे हो ?"

"अवतार ? तू जानता है अवतार किसे कहते हैं ?"

"यही सुना ही है। रामचन्न जी अवतार थे। दस बार दस अवतार लेकर पैदा हुए थे।"

"चल ठीक है। मान ले उसी तरह का कोई जन्म लेता है···"

"जन्म लेगा तो क्या हुआ ?"

"क्या हुआ, क्या पूछता है रे ! वे आकर लोगों को समझाएँगे कि दिन-रात इतनी मार-काट, ईर्ष्या-द्वेष, लड़ाई-झगड़े जो होते हैं वह अब नहीं होंगे। हर इन्सान समान है। किसी को खाने को न मिले और कोई रुपयों की गद्दी पर बैठ रहे, यह सब बिल्कुल ठीक नहीं। पृथ्वी पर हर आदमी को मिल-जुलकर प्रेम-मोहब्बत से रहना होगा। देखना इससे हर तरफ़ शान्ति ही शान्ति छा जायेगी।"

उदय ने अवहेलनापूर्वक हँसते हुए कहा, "क्या सभी उसकी बात मानेंगे ?"

"मानेंगे रे मानेंगे।"

सुकुमार उठकर बैठ गया। जैसे उसके सामने सैकड़ों की तादाद में श्रोता बैठे

हों, इस तरह से ऊँची आवाज़ में बोला, "वे तो दुनिया को बदल डालने के लिए ही आयेंगे।"

उदय ने और ज़्यादा अवज्ञा दिखाते हुए कहा, "लोगों का क्या दिमाग खराब हुआ है जो ये सब सुनेंगे ? कहते हैं कि भगवान ही हार मान गये। दस-दस बार आये गये—सब बेकार हो गया। और एक मामूली आदमी दुनिया बदल डालेगा ? हुँः।"

"देख उदय, इन्सान मामूली या तुच्छ नहीं होता है। अगर इन्सानों जैसा इन्सान हो तो वह भगवान से भी ऊपर उठ सकता है…"

"अगर न ?…हुँः।"

बोधबुद्धिहीन और अपनी कही बातों के वज़न से अनभिज्ञ, ज्ञानहीन लड़का अनायास ही सुकुमार को झुठलाते हुए बोल उठा, "अगर की बात नदी में डालो। तुम भी भइयाजी, और तो कोई काम है नहीं। बैठे-बैठे आलतू-फालतू बातों में डूबे रहते हो। सारी दुनिया के लोग कहीं एक आदमी के कहने भर से रातोंरात 'अच्छे' बन सकते हैं ?" कहते-कहते उठकर जाने लगा।

"पागल और किसे कहते हैं।"

सुकुमार उस छोटे-से लड़के की इस युक्ति पर कुछ कह नहीं सका। चुपचाप थोड़ी देर देखने के बाद फिर लेट गया।

इस बदतमीज़ लड़के को न तो तमीज़ सिखाया जा सकता है, न डाँटा जा सकता है।

कुछ कहने चलो तो फ़ौरन कह बैठेगा, "यह रहा तुम्हारा घर-द्वार। उदय के लिए फुटपाथ है।"

कितने दिनों बाद एक स्टेशनरी की दुकान में भेंट हो गयी।

सौम्य ने इशारा किया, "चली मत जाना। कुछ बातें हैं।"

दोनों रास्ते पर आ गये तो बोला, "तुम कहाँ गायब हो गयी हो ? भेंट ही नहीं हो रही है। मामला क्या है ?"

"मामला कितना कुछ हो सकता है ! सुनो, तुम मुझे कलकत्ते के बाहर टीचरी दिला सकते हो ?"

सौम्य ने एक बार उसकी तरफ़ देखा फिर धीरे से कहा, "इस प्रश्न का उत्तर देने के लिए समय चाहिए। चलो, कहीं चलकर बैठा जाये।"

व्रतती बोली, " 'कहीं' माने तो किसी रेस्तराँ में ? दो कप चाय और दो डबल

अण्डे का ऑमलेट।"

हताश स्वरों में सौम्य बोला, "तो इसके अलावा उपाय ही क्या है ? इतनी बड़ी दुनिया में दो आदमियों के बैठने की जगह है कहीं ? फिर भी तो ये लोग हृदयद्वार खुला रखते हैं, इसीलिए…"

"सिर्फ दो कप चाय लेकर कब तक बैठे रह सकोगे ? फिर एकान्त ही क्यों मिलेगा ?"

अतएव कुछ खाने की चीज़ें मँगायी गयीं। थोड़े एकान्त की प्रार्थना की गयी। चाय का कप हाथ में उठाकर लेकिन मुँह तक न ले जाकर सौम्य ने पूछा, "क्या बात है ? अचानक कलकत्ते के बाहर काम की ज़रूरत क्यों आ पड़ी ?"

"कलकत्ते में रहने पर घर में रहना पड़ेगा। अब तो बरदाश्त नहीं हो रहा है।"

ब्रतती की मानसिक परेशानी के बारे में अनभिज्ञ नहीं था सौम्य। छोटी-छोटी बातों, छोटी-छोटी टिप्पणियों से बहुत कुछ पता चल जाता था। सौम्य जानता है कि ब्रतती खुद ही एक समस्या है। वह अपनी माँ की मानसिकता के साथ तालमेल नहीं बैठा पा रही है।

सौम्य ने गम्भीर होकर कहा, "कलकत्ता छोड़ने का डिसीज़न इतनी आसानी से ले लिया जा सका ?"

ब्रतती ने चश्मा उतारा फिर पहना। उसके बाद धीरे से बोली, "तुम्हें क्या लगता है, खूब आसानी से हो सका है ?"

सौम्य ज़रा चौंका।

ठीक यही बात, इसी तरह, किसी ने सौम्य से कही थी न !

ओ हाँ, याद आ गया।

पिताजी ने।

उसी दिन प्रवासजीवन ने कहा था, "तुम्हें क्या लग रहा है, खूब आसानी से ?"

उसके बाद ही हालाँकि प्रवासजीवन अपने निःसंगतापूर्ण दुःख पर ही ज्यादा बोलते रहे थे। शायद अपने पहले प्रश्न को थोड़ा नरम करने के लिए ही।

यही काम इस वक़्त ब्रतती ने किया।

कुछ ठहरकर बोली, "घर में मेरी स्थिति क्या है जानते हो ? मैं जैसे कोई बड़ी भारी वी. आई. पी. हूँ। कुटुम्ब हूँ। मेरी सेवा, मेरा जतन, सम्मान, श्रद्धा करने में किसी प्रकार की त्रुटि नहीं होती है। मैं घर में घुसी नहीं कि सारे लोग तटस्थ हो जाते हैं। यहाँ तक कि वही चाचा तक। माँ की बात तो छोड़ ही दो। ऐसी दशा क्या सहन होती है ?"

सौम्य ज़रा हँसा। बोला, "शायद नहीं। लेकिन कारण क्या है ?"

"जानती नहीं हूँ। वही तो दुर्बोध्य है। अब तुम ही कहो कि हर दिन लगातार, इस तरह रहा जा सकता है ? अगर कलकत्ते में काम करूँगी तो अन्यत्र तो रह न

सकूँगी। दूर कहीं चली जा सकी तो···मैं तुमसे सीरियसली कह रही हूँ, सौम्य।"

सौम्य फिर हँसा।

बोला, "और मेरा हाल और भी अच्छा है। इधर तुम कह रही हो, 'घर असह्य' हो गया है, बाहर कहीं नौकरी जुटा दो उधर प्रवासजीवन सेन कह रहे हैं 'घर असह्य' हो रहा है, मुझे 'ओल्डहोम' में शिफ्ट कर दो।"

प्रवासजीवन ?

ब्रतती चौंककर बोल उठी, "क्या ? क्या कह रहे हैं तुम्हारे पिताजी ?"

"बताया तो ! एक ओल्डहोम में भेजने की प्रार्थना।"

"सौम्य !"

"बोलो।"

"ऐसी अद्‌भुत बातें क्यों हो रही हैं ?"

"क्यों तो अनेक होंगे। परन्तु उनका कहना है कि निःसंगता इसका कारण है। वहाँ उन्हें ढेर सारे बूढ़े मिलेंगे। बातचीत करने के लिए लोग मिलेंगे।"

"सौम्य, मुझे लगता है तुम्हीं अपने पिताजी को ज़्यादा नेगलेक्ट करते हो। वे इतना लोनली क्यों फील करते हैं ?"

"मैं कैसे बता सकता हूँ बताओ ? मैं ठहरा एक घुमक्कड़ फालतू इन्सान, मुझसे कितना हो सकता है ?"

ब्रतती के चेहरे पर कौतुकपूर्ण हँसी बिखर गयी।

बोली, "ऐसी हालत में तुम्हें चाहिए 'लक्ष्मी' से जुड़ जाओ। इससे समस्या का समाधान भी हो जायेगा।"

सौम्य ने चकित आग्रहभरी दृष्टि से ब्रतती को देखा। उसके बाद मेज़ पर रखे ब्रतती के बायें हाथ पर अपना दाहिना हाथ रखकर गाढ़ी आवाज़ में कहा, "ठीक यही बात मैं अभी-अभी सोच रहा था।"

हाथ पर ज़रा दबाव डाला उसने।

बोला, "इस एक सिद्धान्त से दो प्राबल्म सॉल्भ हो जायें शायद।"

ब्रतती ने हाथ हटा लेने की कोशिश की। उसके चेहरे पर फैली हँसी और सूक्ष्म हो गयी।

"केवल इसीलिए ?"

सौम्य ने उसे हाथ छुड़ा लेने नहीं दिया। और ज़रा दबा देते हुए गम्भीर आवाज़ में बोला, "शायद यह बात कहने के लिए आकस्मिक मौक़ा मिल गया है। तुम विश्वास मानो···सिर्फ इसीलिए नहीं।"

"लेकिन तुमने अभी कहा न कि अभी-अभी सोचा है।"

"हाँ, कहा।"

सौम्य उसकी आँखों में आँखें डालते हुए बोला, "तुम जानती तो हो मैं खूब

बना-सँवार कर बात नहीं कर सकता हूँ। जब भी कहने की इच्छा होती है, सही परिस्थिति नहीं होती है और इसीलिए क्या कहना चाहिए ये बात भी भूल जाता हूँ।"

ब्रतती बोली, "इसका मतलब हुआ हम भी गौतम लोगों की तरह…"

सौम्य ने कहा, "इससे क्या आता-जाता है ? हम भी तो इन्सान हैं। साधारण इन्सान।"

"फिर भी। इतनी जल्दी डिसीज़न नहीं लिया जा सकता है।"

"किसके लिए ? मेरे लिए कह रही हो या अपनी बात कह रही हो ? अगर अपनी बात कह रही हो तो अवश्य ही मैं दबाव नहीं डाल सकता हूँ परन्तु अपने बारे में कह सकता हूँ कि यह बात 'जल्दी' में नहीं कह रहा हूँ। केवल साहस का अभाव था। पिछड़ता रहा इसीलिए समय नष्ट होता रहा।"

"क्या तुमने कभी सोचा था, शादी करोगे, घर बसाओगे ?"

"इतने डिटेल्स में कुछ सोचा था या नहीं, कह नहीं सकता हूँ लेकिन एक बात निश्चित थी कि तुम्हें छोड़ना नहीं है। समय की धारा में अपने को बहने दिया था। सहसा तुमने कलकत्ता छोड़ने की बात छेड़ी…"

सौम्य हँसा।

"हो सकता है न ? क्यों ?"

ब्रतती बोली, "शायद ज़रा-सा सोचना पड़ेगा।"

सौम्य ने उसके हाथ के ऊपर से अपना हाथ उठा लिया। धीरे से बोला, "ठीक है, सोच लो।"

बिना कुछ कहे दोनों ने प्लेटें अपने सामने खींच लीं।

खा चुकने पर सौम्य ने बिल चुकाया।

अपने हाथ में लिये सौंफ में से थोड़ी सौंफ ब्रतती को देकर बाहर आ गया।

सौम्य बोला, "एक टैक्सी करूँ ?"

"क्या करोगे टैक्सी लेकर ? दोनों को जाना तो दो तरफ़ है।"

"यह बात भी सही है।"

और ठीक तभी ब्रतती गले की आवाज़ दबाकर बोल उठी, "मैं समझती हूँ रास्ता एक ही तरफ का होना ठीक होगा।"

"ठीक कह रही हो ?"

"हाँ !"

"तब आओ, एक टैक्सी लेकर एक साथ थोड़ी देर घूमा जाये।"

टैक्सी ली, टैक्सी पर बैठकर ब्रतती बोली, "मैंने सोचा, कलकत्ते में रहकर भी घर छोड़कर अन्यत्र रहने का यही एक सहज तथा क़ानूनी उपाय है।"

सौम्य हँसा, "क्या सिर्फ़ इसीलिए ?"

"ओह ! मेरी बात से मुझे ही मार रहे हो ?"

"ब्रतती !..."

"बोलो।"

"हमने इतना समय नष्ट क्यों कर डाला ?"

"कौन कहता है नष्ट किया ? यही तो हमारा संचय है, हमारी जमापूँजी है।"

खुशी से पागल से होने लगे प्रवासजीवन। उनके हावभाव से लग रहा था यही उनके जीवन की परम सार्थकता है। इसके बाद न रहेगी कोई समस्या, न रहेगा किसी तरह का दुःख।

यह एक अजीब तरह का आश्चर्यजनक जीवन रहस्य है।

अब मान-सम्मान भुलाकर बार-बार दिव्य और चैताली को बुलाकर कह रहे थे कि प्रवासजीवन के छोटे बेटे की शादी की तैयारी कैसे होगी, क्या-क्या करना होगा।

बार-बार सौम्य को बुलाकर कह रहे थे, "जीवन को निराशाओं ने घेर लिया था बेटा—उससे तूने छुटकारा दिला दिया। मुझे नयी ज़िन्दगी दे दी तूने।"

हँसकर सौम्य भी कहता, "इतनी जल्दी आशान्वित न हो, पिताजी। मैं तो कह चुका हूँ कि सड़सी के आक्रमण के लिए तैयार रहो।"

"मैं उससे डरता नहीं हूँ।"

प्रवासजीवन बोले, "तूने जिस लड़की को इतने दिनों से देख-समझकर..."

मुस्कराता रहा सौम्य, "इन बातों पर इतना भरोसा मत करो। जानते तो हो यही बिजली जंगल में जाते ही वनबिलाव बन जाती है।"

"जिस दिन तू उसे लाया था, मैंने देखा था। देखकर लगा था बहुत अच्छी लड़की है।"

"अच्छी रहे इसी में सबका भला है।"

चैताली बोली, "तो भीष्म की प्रतिज्ञा भंग हुई।"

सौम्य बोला, "ऐसी कोई अमोघ प्रतिज्ञा की थी, याद तो नहीं आ रहा है।"

"मुँह से न सही, देखने-सुनने से तो यही धारणा हो गयी थी।"

"अरे, यह बात है ? हा हा हा। इन्सान कितनी तरह की ग़लत धारणा मन में पाला करता है। मैंने तो जिस दिन पहली बार इस लड़की को देखा था उसी दिन

उसके प्रेमजाल में फँस गया था।"

ऐसी स्पष्ट निर्लज्ज युक्ति के बाद चैताली का मन नहीं किया कि कुछ कहे। शायद साहस नहीं हुआ। लगता है, अब चैताली को लड़ाई की तैयारी करनी पड़ेगी।

दिव्य से जाकर बोली, "इसके बाद शायद हमें इस घर को छोड़ना पड़ेगा।"

दिव्य शंकित हुआ।

"क्यों ? किसने क्या कहा है ?"

"कहा नहीं है। लेकिन लग रहा है छोटे साहब भीतर ही भीतर युद्ध के लिए प्रस्तुत हो रहे हैं।"

ज़िन्दगी में पहली बार दिव्य चैताली की बात का प्रतिवाद कर बैठा। बोला, "तुम भी क्या कहती हो ? तुम तो ज़बरदस्ती 'डर' को न्योता देकर सोचने बैठ जाती हो। सौम्य जैसा लड़का हज़ारों में एक नहीं मिलेगा।"

"बदलते कितना वक्त लगता है ? पुरुष जाति का कोई भरोसा नहीं।"

एकाएक दिव्य एक अलौकिक-सी हँसी हँसकर बोला, "यह बात हालाँकि सच है।"

इसी हँसी ने चैताली को और भी शंकित कर दिया। लेकिन इस समय अपनी गुरु और मंत्री कंकनादी के पास भागकर जा भी नहीं सकती थी। वह अपने नये ब्याहे पति के साथ यूरोप घूमने गयी है।

चैताली जैसे अपनी आँखों के सामने देख रही थी, उसका आधिपत्य, उसका एकाधिकार, कम होता जा रहा है।

जो लड़की सौम्य जैसे अड़ियल लड़के पर कब्ज़ा जमा सकती है, वह मामूली लड़की तो होगी नहीं।

ख़ैर चैताली को कैसा भी मानसिक कष्ट क्यों न हो, घर में उत्सव की हवा घुस ही गयी। सौम्य ने कहा ज़रूर था, "न कोई धूमधाम होगी न कोई अनुष्ठान, सीधे मैरिज़ रजिस्ट्रार के दफ़्तर में जाकर…" लेकिन उसकी बात सुनता कौन है ? दिव्य भी एकाएक चैताली के विरोधी पक्ष में नाम लिखा बैठा। जब तब पिता के पास जाकर बैठने लगा, आनेवाले उत्सव की तैयारी पर विचार-विमर्श करने लगा।

पिता बोले, "देबू को एक चिट्ठी डाल देते तो कैसा रहता ?" दिव्य हँसने लगा।

बोला, "चिट्ठी लिखे बग़ैर आप क्या मानेंगे ? लिख दीजिए एक लम्बी-सी चिट्ठी—'देबू, तुम न आये तो यह शादी नहीं होगी।'"

प्रवासजीवन को लगा लड़की बड़ी भाग्यवन्ती है। कितने दिनों बाद घर में सहज हँसी की आवाज़ गूँज रही है।

उधर काटुम काटाम के तो धरती पर पाँव ही नहीं पड़ रहे थे। उनके चाचाई की शादी थी।

शादी में क्या खाएँगे, क्या पहनेंगे, दूल्हे के साथ जायेंगे···

उत्तेजना प्रबल !

एक पाषाणपुरी जैसे जाग उठी थी एक आसन्न विवाह को केन्द्रित कर। हर कोई खुश।

इस बीच एक दिन काटुम अपनी माँ से पूछ बैठा, "माँ, चाची आयेगी तो तुम उससे झगड़ा तो नहीं करोगी न ?"

"झगड़ा ? मैं क्या लोगों के साथ झगड़ा करती फिरती हूँ ? वाह खूब !"

"माने हँस-हँसकर बात करोगी न ?"

"देखो, बेकार के सवाल पूछ-पूछकर मेरे सिर में दर्द मत करो। जाओ, जाकर अपना काम करो।"

वहाँ से भागकर दोनों भाई-बहन छिपकर बातें करने लगे। माँ के बारे में वे कभी भी निश्चिन्त नहीं हो पाते हैं।

शिशु 'सरल' शिशु 'अबोध'—बड़ों की इस धारणा से बढ़कर ग़लत धारणा और कोई हो ही नहीं सकती है।

शिशु हैं घाघ और महाज्ञानी।

हाँ, खूब धूमधाम से, बाजे-गाजे के साथ ही शादी हुई थी मिंटू की। इधर इस इलाके में जितनी धूमधाम हो सकती है उतनी ही धूमधाम से। खाना-पीना भी त्रुटिहीन ही हुआ था। मिंटू भी साधारण लड़कियों की तरह रोते-रोते पति के पीछे-पीछे चलकर मोटर पर जा चढ़ी।

भाग्य का परिहास देखिए, लाबू बेचारी पर क्या बीता। उसे इस शादी में आना पड़ा, कामकाज करना पड़ा और मंगलाचार को छोड़कर हर तरह के कामों में हिस्सा लेना पड़ा।

ऐसा न करती तो लोग क्या कहते ? मन के कोने में छिपा दुःखपूर्ण इतिहास तो किसी को बताया नहीं जा सकता था। कहती रहीं, अरुण नहीं आ सका क्योंकि उसे छुट्टी नहीं मिल पायी।

मिंटू के माँ-बाप चालाक आदमी थे। उन्होंने भूलकर भी किसी को भनक नहीं लगने दी कि वामन होकर लाबू चली थी चाँद पकड़ने। अपने 'क्लर्कमात्र' बेटे की बहू बनाना चाहती थी मिंटू को।

बल्कि उनके हावभाव से ऐसा लग रहा था कि मिंटू की इतनी अच्छी शादी हुई, इतना अच्छा घर मिला, वर मिला इसके पीछे मिंटू के पिता का परिश्रम है। मिंटू

के भाग्य में ऐसा कहाँ लिखा था ?

लेकिन असलियत यह थी कि रिश्ता खुद-ब-खुद आया था। और यह वर इतना उदार ऐसा चरित्रवान, विशाल हृदय था क्या इसके पीछे मिंटू के भाग्य का हाथ नहीं था ?

अब यद्यपि मिंटू की माँ अफ़सोस किया करती है कि शादी होते न होते लड़की इतनी दूर चली जायेगी। वह सालों न आ सकेगी, यह उन्होंने सोचा तक नहीं था। दिल्ली, लखनऊ, बम्बई, पूना, हैदराबाद, राजस्थान तो सुना था लेकिन सात जन्म में यह नहीं सोचा था कि किसी की लड़की ब्याह कर 'कोरापुट' चली जाये। इससे पहले तो यही नहीं पता था कि कोरापुट है कहाँ।

मिंटू की माँ भले ही न जाने, मिंटू को तो यहीं आकर रहना पड़ रहा था।

बड़ा भारी कम्पाउण्ड, उसमें बहुत बढ़िया बड़ा-सा मकान।

सरकारी किसी नये प्लाण्ट में मिंटू का पति किंशुक रसायनविद् तथा उच्च पदाधिकारी था।

बड़ा ही हँसमुख उज्ज्वल स्वभाव का लड़का था।

उसकी इस उज्ज्वलता के हाथों आत्मसमर्पण न करके मिंटू क्या अपने को ताले चाभी में रखे ? ऐसा करना क्या इस परिस्थिति में सम्भव है ?

परन्तु यहाँ एकाकीपन बहुत है।

बहुत ज्यादा निर्जनता।

निःसंगता फिर भी सहनीय है अगर कम से कम आसपास लोगों की बस्ती होती। खिड़की के पास खड़े-खड़े राह चलते लोगों को देखती। जीवन का स्वाद पाती। परन्तु मिंटू के भाग्य में निःसंगता के साथ निर्जनता भी लिखी है। बहुत बड़े-बड़े अहातों में एक-एक क्वार्टर बने थे। एक बंगाली तो क्या एक इन्सान तक को देखने के लिए तरस जाओ।

जो सब काम करनेवाले हैं, जैसे बर्तन माँजने आती है बुढ़िया 'आप्पा माँ', रसोई बनाने और घर के और सब काम के लिए है 'वेंकटेश्वर', माली 'तिम्मा', उनकी एक भी बात मिंटू समझ नहीं पाती है। खाना वह खुद ही पकाती है।

किंशुक ने कहा था, "उसे ज़रा सिखा विखा दो तो…"

गम्भीर भाव से मिंटू बोली, "किस भाषा में यह शिक्षा का क्लास खोला जायेगा ?"

और इसी भाषा की डोर को पकड़कर एक दिन खुली आवाज़ में खुलकर ही

कह बैठी, "बहुत कीमती एक दूल्हा क्या मिला है मेरी तो हालत हो गयी है निर्वासन दण्ड से दण्डित एक कैदी के जैसी। ओफ़ ! इससे तो मेरे लिए 'क्लर्क मात्र' मोहल्ले का लड़का ही ठीक रहता। एक घरेलू किस्म की लड़की, उसी तरह से रहती। कम से कम मातृभाषा बोलने का अवसर तो मिलता।"

किंशुक ने सुनकर आश्चर्य से बड़ी-बड़ी आँखें निकालते हुए कहा, "ऐं ! इसमें पड़ोसी लड़के की घटना भी लिपटी-चिपटी थी क्या ?"

मिंटू बेझिझक बोल उठी, "क्यों नहीं रहेगी ? थी ही तो। जन्म से देख रही थी, दोस्ती थी, प्रेम-मोहब्बत थी, अत्यन्त सज्जन लड़का था, बस उसका कसूर यही था कि निहायत ही क्लर्क मात्र बनकर रह गया। उसके इसी दोष के कारण पिताजी ने उसे 'जा भाग' कहकर भगा दिया। भगा देते क्यों नहीं ? उस वक्त उनके हाथ में तुम्हारे जैसी दौलत जो थी।"

किंशुक ने पूछा था, "सच्ची बात है ?"

"सन्देह हो रहा है ? क्या दुनिया में ऐसी घटनाएँ घटती नहीं हैं ?" मिंटू बोली।

"इसमें क्या नयी बात है ? हमेशा से सुनते आ रहे हैं बाल्यप्रेम अभिशप्त होता है।"

"मिंटू !"

"बोलिए साहब।"

"इस बात को सुनकर अपने को अपराधी महसूस कर रहा हूँ।"

"लो, तब तो मैंने बड़ा गड़बड़ कर दिया। बताकर बड़ी भूल कर दी। तुम तो बिना दोष किये ही दोषी बन रहे हो।"

असल में मिंटू ने चाहा था कि किंशुक को वह सब कुछ बता देगी। कुछ भी नहीं छिपायेगी। अगर ज़िन्दगी इस ढाँचे में ढल ही गयी तो उसमें कोई ऐब क्यों रहे ?

लेकिन बिल्कुल शुरू में उसकी समझ में नहीं आ रहा था कि अपनी बात कहे कैसे ? सोचते-सोचते जाने कब ऐसे सुन्दर, उदार सहज स्वभाव के इन्सान को दिलोजान से चाहने लगी। उसी प्यार ने ही उसमें निर्भीक दुःसाहस की शक्ति भर दी।

किंशुक ने कहा, "मन में एक कष्ट को लिये फिर रही हो फिर भी सहज बनने की कोशिश करती हो, इसमें तुम्हें बड़ी तकलीफ़ होती है न ?"

"हन्ड्रेड पर्सेण्ट।"

इसके बाद कोमल स्वर में बोली, "असल में बेचारे को मेरे माँ-बाप ने केवल ग़रीब होने के कारण ही इतना अपमानित किया था। मुझे उसी बात का कष्ट सालता रहता है। एक पुरुष के लिए अपमान बड़ा ही यातनापूर्ण होता है..."

किंशुक ने उसे अपने पास खींच लिया फिर धीरे से कहा, "मुझ पर तुम्हें खूब गुस्सा आता है न ?"

"वाह ! खूब ! तुम पर क्यों ? बल्कि तुम्हारे पूजनीय सास-ससुर पर आता है।"

"उन लोगों ने ऐसा किया तो तुमने प्रतिवाद क्यों नहीं किया ?"

मिंटू ने गम्भीर दृष्टि से कुछ पल उसे देखने के बाद कहा था, "दूसरा पक्ष भी तो कुछ इनीशिएटिव लेगा ? वही अगर हिम्मत हार बैठे और सोचना शुरू कर दे 'मैं तुच्छ हूँ', 'मैं कुछ नहीं कर सकता हूँ', तब ? 'मैं वामन हूँ, मेरा चाँद की तरफ़ हाथ बढ़ाना मूर्खता है' तब ?"

किंशुक ने देखा था कि मिंटू की आँखें आँसू से डबडबा रही हैं। इसके बाद उसने कुछ नहीं कहा था।

बल्कि थोड़ी देर बाद कहा था, "अगले सोमवार को दफ़्तर में एक झमेला है।"

और कोई वक्त होता तो मिंटू बोल उठती, "झमेले तो तुम्हारे दफ्तर में रोज हुआ करते हैं।"

आज उसने आँखों में भर आये आँसुओं को न गिरने देने के इरादे से दूसरी तरफ़ मुँह फेरकर पूछा, "कैसा झमेला ?"

"अरे जर्मनी से एक मशहूर केमिस्ट आ रहे हैं हमारी लैबोरेटरी में। यही सुख-दुःख, अच्छाई-बुराई का मुआयना करने। हम सब तो ठहरे 'महामूर्ख'।"

किंशुक के बात करने का ढंग ही ऐसा है।

अब मिंटू ने बात की, "जबकि यहीं से जितने अच्छे-अच्छे लड़के विदेश चले जा रहे हैं काम करने के लिए।"

"वही तो।" कहकर किंशुक हँसने लगा।

उसी रात किंशुक ने मिंटू को अपने हृदय से लगाते हुए शान्त स्वर में कहा था, "मिंटू, तुम तो कभी-कभार उसे चिट्ठी लिख सकती हो।"

मिंटू छिटककर दूर हट गयी। कठिन स्वर में बोली, "तुम क्या मेरी परीक्षा ले रहे हो ?"

"छिः मिंटू।" किंशुक का स्वर आहत था।

मिंटू ज़रा देर चुप रहने के बाद बोली, "इससे फायदा ?"

"सब कुछ क्या नुक़सान और फ़ायदा देखकर किया जाता है ?"

"फिर भी। किसी काम का कोई कारण तो होगा !"

"नहीं, माने वे सज्जन मायूस हो गये होंगे शायद !"

"अगर हो गये हैं तो तुम्हें तो उनसे सहानुभूति दिखाने की जरूरत नहीं है।" मिंटू ने सहज ढंग से ही यह बात कही।

किंशुक बोला, "हर पुरुष ईर्ष्यालु होता है तुम लोगों की यह धारणा ग़लत है मिंटू। मान लो, स्वजातीय प्रेमवश ही मैं उन सज्जन की मानसिक दशा को समझ रहा हूँ। तुमने अगर उन्हें समझने दिया होता कि अपनी माँ पिताजी की पार्टी में शामिल नहीं हो···"

मिंटू बोली, "वह मैं चिट्ठी लिखकर न बताऊँ तो भी समझेगा···"

"मैंने लेकिन जब से सुना है तभी से मुझे उनके लिए बुरा लग रहा है।"

"जिसे आँखों से देखा तक नहीं है उसके लिए···"

"हाँ उन्हीं के लिए। साथ ही जिसे आँखों से देख रहा हूँ उसके लिए भी।"

सहसा मिंटू खूब हँसने लगी। फिर बोली, "ओ बाबा ! क्यों मैंने तुम्हें बताने की यह ग़लती की ? अच्छी-ख़ासी सुख-शान्ति थी, अमन-चैन था।"

किंशुक बोला, "वह तो था। मैं भी सुख से था लेकिन तुम ? तुम तो अच्छी-ख़ासी सुख-शान्ति···"

मिंटू ने किंशुक की छाती पर सिर रखते हुए कहा, "थी। सुख से थी। सचमुच। तुम जैसा ऐसा अद्भुत आश्चर्यजनक इन्सान मैंने कभी नहीं देखा था।"

"अरे बाप रे !" किंशुक ने मिंटू को बाँहों में कसते हुए कहा, "आश्चर्य के तो तरह-तरह के अर्थ होते हैं। तुषारमानव भी आश्चर्यजनक होता है, जानवर भी आश्चर्यजनक हो सकते हैं।"

"ओफ्फ़ो ! बहुत बेकार की बातें करते हो तुम।"

किंशुक ने कहा, "तब फिर एक काम की बात करता हूँ। मन की गहराई में तकलीफ़ पालते हुए तुम सहज स्वाभाविक बनने की कोशिश मत करना।"

"तब फिर क्या करना होगा ? असहज असामान्य बनी रहूँ ? माने, कभी रोऊँ, कभी हँसू, कभी प्रेमपत्र लिखने बैठ जाया करूँ ? और···"

"न ! तुम भी आश्चर्यजनक लड़की हो। असल में तुम्हारी जैसी लड़की मैंने भी पहले कभी नहीं देखी। बात क्या है जानती हो ? माने, मैं ठीक से समझा नहीं पा रहा हूँ। मैं ये कहना चाहता हूँ कि अगर तुम अपने प्रथम प्रेम को दिल से मिटा डालना चाहती हो, उसे भूल जाना चाहती हो तो मैं समझूँगा तुम हार्टलेस हो।"

"ओफ्फ़ो, यह तो बड़ी भारी मुसीबत हो गयी ? तुमसे अपने प्रथम प्रेम का क़िस्सा क्या सनाया तुमने तो आफत मचा दी है। ठीक है मैं हृदयहीन ही सही। एक दबंग कहलाने वाले अफ़सर की अक्ल इतनी मोटी है यह कौन जानता था ?"

किंशुक ने गाढ़े स्वर में कहा, "मैं लेकिन तुम्हारे सुख-दुःख का भागीदार बनना चाह रहा था। जिसे तुम चाहो वह भला मेरी ईर्ष्या का पात्र क्यों होगा ? वह भी तो मेरा प्रेमपात्र हो सकता है।"

"यह भी क्या तुम्हारी लैबोरेटरी के एक्सपेरीमेण्ट जैसी बात है !"

"मिंटू, लगता है तुम मुझ पर विश्वास नहीं कर पा रही हो। देखो, तुम अगर

मेरे पास अपने बचपन की बातें करो तो बहुत हल्का महसूस करोगी।"

मिंटू उससे और सटते हुए बोली, "अच्छा याद रखूँगी। इस समय मुझे बड़ी याद आ रही है।"

"अरे ! मुझे तो जमकर नींद नहीं आ रही है। अब क्या करें ?/ए मिंटू ?"

उसके बाद बातचीत बन्द हो गयी।

यूँ माँ के आचरण पर अवाक् होना छोड़ ही दिया था ब्रतती ने। फिर भी ब्रतती की शादी की बात सुनकर माँ पत्थर की मूर्ति बन जायेंगी यह उसने नहीं सोचा था।

अभी उस दिन तक तो सुनीला लड़की की शादी के लिए परेशान रहती थीं। 'शादी' 'शादी' करके नाक में दम किये रहती थीं। लड़की अनिच्छुक है जानकर रोती थीं, नाराज़ होती थीं।

"इस बार तय किया है शादी करोगी ? चलो अच्छा है।" कहने के बाद माँ ने चुप्पी साध ली।

ब्रतती ने सोचा था चाचा खुश होंगे, अपने आपसे प्यार भरे दो-चार शब्द कहेंगे, वह भी नहीं हुआ।

केवल खूकू आयी। डरते-डरते उसने इधर-उधर देखा फिर बोली, "जब ताईजी ने तुमसे शादी करने को कहा था तब तुमने नहीं की और अब कर रही हो ?"

"तुमसे किसने कहा ?"

"मुझे सब पता चल जाता है बाबा।"

खूकू ही-ही करके हँसकर बोली, "तुम जब घर नहीं रहती हो तो तब ताईजी रसोई में, भण्डार में दीवारों से अकेली-अकेली बोला करती हैं। मुझे सब सुनाई पड़ता है।"

बड़ी मुश्किल से ब्रतती ने अपने को सँभाला फिर होठ दबाकर बोली, "दीवार के साथ ? दीवार कहीं बात करती है ?"

"आ हा, दीवार क्या सचमुच बोलती है ? दीवार के साथ माने दीवार को सुना-सुनाकर। कहती है, मेरा हाल तो वैसा है जैसा तरकारी में ज्यादा नमक पड़ने से ज़हर हो जाता है।"

"तू इस बात का माने समझती है ?"

"समझूँगी क्यों नहीं ? माने तो तुम हो।"

"मैं तरकारी हूँ ?"

"अरे यह तो तुलना है।"

ब्रतती का जी चाह रहा था पूछे और क्या-क्या कह रही थीं तेरी ताईजी।

लेकिन ऐसा न पूछ सकी।

शाम को पूर्णेन्दु की उपस्थिति में सुनीला ने बात उठायी।

यद्यपि चाचा निष्पक्ष भाव दर्शाने के इरादे से सुबह का पढ़ा अख़बार लिये बैठे थे।

सुनीला ने नीरस और कड़ुआहट भरी आवाज़ में कहा, "ये तो मान लिया कि शादी करने के लिए लड़का तुमने स्वयं ही तय कर लिया है। तो शादी करने के लिए कुछ पैसे इकट्ठा किये हैं ?"

ब्रतती पाँव से सिर तक जैसे आग की चपेट में आ गयी। इच्छा हुई चिल्ला कर कहे, न्यूनतम हाथ खर्चे का रुपया रखकर पाई-पाई तो तुम्हारे हाथ में रख देती हूँ माँ। क्या तुम यह बात जानती नहीं हो ?

परन्तु उसने कुछ नहीं कहा।

उसने भी नीरस स्वर में कहा, "शहनाई बजाकर शादी की व्यवस्था तो हो नहीं रही है। और जो रजिस्ट्री ऑफ़िस का ख़र्च होगा उसकी चिन्ता तुम्हें करने की ज़रूरत नहीं।"

"रजिस्ट्री विवाह ?"

अब चाचा बोले, "दूसरी जाति का है क्या ?"

"यह सब मैं नहीं जानती हूँ। यही तय हुआ है।"

अब चाचा खुश होकर बोले, "वाह ! घर का यह पहला काम है, शादी का कुछ भी नहीं होगा ? बच्चे दोनों तो दीदी की शादी की ख़बर सुनकर नाच रहे हैं।"

सहसा ब्रतती हँसने लगी।

उसके बाद बोली, "इसमें बाधा क्या है ? नाचने में तो पैसा ख़र्च होता नहीं है।"

"भाभी ! लड़की की बात सुन रही हो ?"

"मैं बहुत सुन चुकी हूँ। तुम ही सुनो।"

चाचा बोले, "आज अगर उसकी चाची रहती—धूमधाम किये बगैर मानती ? उस दफ़ा ही शादी के नाम पर···"

इस बात का किसी ने उत्तर नहीं दिया।

उस दिन इतनी ही बात हुई।

दो दिन बाद सुनीला ने पूछा, "कौन-सा दिन तय किया है ?"

ऐसी निष्ठुरता के सामने खड़े रहकर सहसा ब्रतती को लगा 'बहू की सास' जिन तत्त्वों से मिलकर बनती है, उन्हीं तत्त्वों से माँ भी बनी है।

उसके बाद अवहेलनापूर्वक बोली, "किसी भी दिन।"

"फिर भी पहले से बता देना। उस दिन मछली वगैरह न खाना ठीक होगा।

और सुनो, चाचा ने कहा है तुम्हारे लिए एक अच्छी साड़ी खरीद कर रखी है और तुम्हारी दादी का एक हार है। यह दोनों पहनकर जाना।"

ब्रतती बोली, "याद रखूँगी। और कुछ कहना है ?"

"और क्या कहूँगी ? मेरे पास जो सोना दाना था, लड़की के लिए ही रख छोड़ा था लेकिन अब तो देख रही हूँ, भविष्य में वही बेचकर जीवन धारण करना पड़ेगा।"

ब्रतती से अब रहा न गया।

बोल उठी, "क्यों ? पूर्णेन्दुबाबू महाराजिन की तनख्वाह भले न दें, क्या दो मुट्ठी खाने को भी नहीं देंगे ?"

"क्या कहा ? क्या कहा तूने ?"

"जो कुछ कहा सुन तो लिया।"

"तू इतनी बड़ी बात कह गयी ?"

ब्रतती थोड़ी देर चुप रहने के बाद बोली, "हज़ारों 'छोटी बातें' सुनने के बाद एक बड़ी बात कहने की इच्छा हो गयी, माँ।"

कहकर रुकी नहीं। वहाँ से चली गयी।

लेकिन सुनीला छोड़नेवाली कहाँ थीं ?

उन्हें अब लड़की की इतनी उम्र में बेवक्त होनेवाली शादी में कोई उत्साह नहीं था।

गृहस्थी में एक छन्द विराज रहा था। लड़की की तनख़्वाह देवर के हाथ में पकड़ाकर आत्माभिमान होता था सुनीला को।

कुछ ऐसे भाव प्रकट करती थीं कि देख लो, दो चौके एक हो जाने से तुम्हें कोई नुकसान हो रहा है ऐसी बात मत सोच लेना। हम अपने पैसे से ही खा रहे हैं। बल्कि तुम्हीं बिना मेहनत और कामकाज किये हर चीज़ पा जाते हो।

इसीलिए सुनीला ने सोचा जब बात छिड़ ही गयी है तो तब खुलासा कर लेना ही ठीक होगा। फिर जाने कब बात करने का मौक़ा मिले या न मिले।

वह लड़की के पीछे-पीछे कमरे में आ गयीं।

बोलीं, "गहने की बात इस तरह से कहने की मेरी इच्छा नहीं थी। तुम्हें बिल्कुल ही वंचित करने की इच्छा नहीं थी। सुना था अब क़ानून हो गया है कि शादीशुदा लड़की भी बूढ़े माँ-बाप की जिम्मेदारी उठाने को बाध्य है। उस तरह की व्यवस्था अगर सचमुच ही है तो न हो चूड़ी, कड़े…"

ब्रतती मुड़कर खड़ी हुई।

दोनों हाथ जोड़कर बोली, "दुहाई है, अब तुम मुझे छोड़ दो। इस बात को लेकर माथापच्ची मत करो। शादी-वादी नहीं करूँगी। निश्चिन्त रहो, जब तक ज़िन्दा रहूँगी तुम्हारा भार उठाने को बाध्य रहूँगी।"

कहने के बाद ही ब्रतती स्वयं अवाक् हो गयी। ऐसी निष्ठुरतापूर्ण बात उसने

मुँह से निकाली कैसे ? किसने कहा ? स्वयं ब्रतती ने ?

लेकिन अब तो कुछ नहीं हो सकता था। मुँह से निकली बात को पकड़कर रखनेवाले यन्त्र का तो आविष्कार हुआ है लेकिन बात को वापस कर देनेवाला यन्त्र है कहाँ ?

सुनीला क्या भयंकर रूप से डर गयी ?

नहीं तो बिलखकर रोयी होती, लड़की को मनाने-समझाने की कोशिश करती।

सुनीला लकड़ी के कुन्द की तरह बैठी रहीं।

उनके मुँह से अस्फुट एक आवाज़ निकली, "शादी नहीं करेगी ?"

दिव्य बोला, "ऐ सौम्य, ज़रा 'ज्योति टेलरिंग' में जाकर अपने कुर्ते का नाप तो दे आ। जो कुछ कहना है वह मैंने कह रखा है।"

"कुर्ता ? कुर्ता माने ?"

"वाह भई ! तू कुर्ता क्या चीज़ है नहीं जानता है ?"

"आहा, होगा क्या उसका, यही पूछ रहा हूँ।"

"पहना जायेगा।"

दिव्य बड़प्पन जताते हुए बोला, "तू क्या अपनी यह शर्ट-पैण्ट पहनकर शादी करने जायेगा।"

"दादा।···"

"क्या ? क्या हुआ ?"

"तुम लोग बहुत फ़िज़ूल के काम कर रहे हो। इतना सब करने के कोई मायने नहीं होते हैं।"

"दादा के किसी बात के तो मायने तेरी समझ में आते नहीं हैं। जा, मैंने जैसा कहा वैसा ही कर।"

सौम्य अवाक् हुआ।

घर की आबोहवा ऐसी हल्की कैसे हो गयी ? दादा बात करते समय भाभी के मुँह की तरफ़ बार-बार नहीं देख रहा है, फिर भाभी की अनुपस्थिति ही में डिसीज़न ले रहा है। मन ही मन बोला, 'ब्रतती, मैं अपनी माँ दादी की भाषा में कह रहा हूँ तुम्हारे क़दम हमारे घर के लिए बड़े शुभ हैं।'

"अरे, अभी माने, तुम्हारे समय के अनुसार। लेकिन भूलना नहीं 'ज्योति' के सुरेशबाबू बहुत देर लगाते हैं···"

"इसके मतलब हुए अभी जाऊँ।"

सौम्य मुस्कराया।

बोला, "थोड़ी देर में निकलूँगा तो होता जाऊँगा। फिर भी तुम लोग पागलों जैसा व्यवहार कर रहे हो।"

निकलते समय देखा लेटरबाक्स में एक लिफाफा पड़ा है। छोटी-सी शीशे की खिड़की से मानो ताक रहा हो। चिरपरिचित प्रिय अक्षर।

सौम्य मन ही मन हँसा।

उस दिन ब्रतती ने अपने आप ही कहा था, 'देखो, आज से एक हफ़्ते तक हम एक दूसरे से मिलेंगे नहीं।'

'अपराध ?'

'अपराध नहीं। संयम शिक्षा। इसके अलावा…'

ज़रा हँसकर चुप हो गयी।

सौम्य ने पूछा, 'इसके अलावा क्या ?'

'इसके अलावा ? इसके अलावा ज़रा नयापन।'

और इन्हीं सात दिनों के बीच पत्र डाल बैठी ?

फिर हँसा मन ही मन सौम्य।

इस समय निकल कैसे सकता था ?

चिट्ठी निकालकर नीचे के कमरे में लकड़ी के तख्त पर बैठा। चिट्ठी खोली।

उसके बाद बैठा ही रह गया।

पाँच मिनट, दस मिनट ? या एक घण्टा ? या कि एक युग ?

महोत्साह से निमन्त्रण-पत्र में क्या लिखा जायेगा, प्रवासजीवन उसी तैयारी में जुटे थे। चैताली ने कहा था आजकल कोई भी सम्मान-वम्मान नहीं लिखता है।

"ओह, ऐसी बात है ? सम्मान प्रकट करना अब अतीत की बात हो गयी है ?"

चैताली ने फिर कुछ नहीं कहा, केवल शुभविवाह के दो निमन्त्रण-पत्र मेज़ पर रखकर बोली, "आजकल इस तरह की चिट्ठियाँ लिखी जाती हैं, इसीलिए कह रही थी…"

प्रवासजीसन पढ़कर बोले, "यह क्या है ? इस तरह की चालू भाषा…'मेरा मध्यम पुत्र या फलाँ की कनिष्ठा कन्या' नहीं ? 'मेरा मझला लड़का और फलाँ की छोटी बेटी' ?"

फिर सोचने लगे। इस आधुनिकता को (इन लोगों की इच्छा का ध्यान रखते हुए) बनाये रखते हुए अपने मन माफ़िक लिखा कैसे जाये यह सोच ही रहे थे कि

सौम्य आया।

कमरे में घुसते ही बिना किसी भूमिका के बोल उठा, "पिताजी, बहुत सोचकर देखा तुम्हारे लिए 'ओल्ड होम' ही सुविधाजनक है।"

"ओल्ड होम !"

जैसे यह शब्द प्रवासजीवन ने ज़िन्दगी में पहली बार सुना था। जब से सौम्य ने डाँटा था तब से इस शब्द को मुँह से दोबारा नहीं निकाला था। और जब से सौम्य की शादी तय हो गयी थी इस शब्द को हृदय के कोने में झाँकने तक नहीं दिया था।

आँख के ऊपर से चश्मा हटाया।

बोले, "बैठ।"

सौम्य बैठा नहीं। बोला, "ठीक हूँ।"

"ठीक नहीं हो, यह मैं देख रहा हूँ। नया कुछ हुआ क्या ? बता तो सही।"

सौम्य बोला, "उससे भी आसान होगा तुम्हारा पढ़ना। पढ़कर देख सकते हो।"

हाथ में ली, हज़ारों दफ़ा पढ़ी चिट्ठी, पिता के सामने फेंक दी। बहुत बार पढ़ने पर भी माने साफ़-साफ़ समझ में नहीं आ रहा था।

प्रवासजीवन ने लिफ़ाफे से चिट्ठी निकाली। देखकर बोले, "यह तो तुम्हारी चिट्ठी है।"

"सभी के लिए हो सकती है। इससे मेरी कुछ मेहनत कम हो जायेगी।"

प्रवासजीवन बेटे के भीतर की अस्थिरता को महसूस करते हैं।

बोले, "तू जब कह रहा है तब लग रहा है, इसे पढ़कर देखना ज़रूरी है।"

चश्मा फिर पहन लिया। पढ़ा⋯

सौम्य !

सोचकर देखा शादी जैसी विलासिता हमारे जैसे ग़रीब घर की लड़की को शोभा नहीं देती है। इसीलिए क्षमा चाहती हूँ। मुझे माँ के साथ ही रहना होगा। यही मेरी भाग्यलिपि है। लेकिन हाँ भवेशभवन के ट्रस्टीगण अगर मुझे भी उदय की तरह ज़रा-सा आश्रय प्रदान करें तो परिस्थिति सहनीय हो सकती है। तुम क्या ज़रा-सी कोशिश कर दोगे ?

प्रवासजीवन ने चिट्ठी तह की, लिफ़ाफ़े में रखी। चश्मा उतारकर हाथ में लिया। कुछ बोले नहीं।

सौम्य ने अस्थिरतापूर्वक कमरे में कई चक्कर लगाने के बाद कहा, "मैं शायद कुछ दिनों के लिए बाहर कहीं चला जाऊँ। उससे पहले ही मैं तुम्हारा इन्तज़ाम कर सकूँगा।"

प्रवासजीवन ने हाथ हिलाकर धीरे से कहा, "ज़रूरत नहीं है।"

"ज़रूरत नहीं है ?"

"नहीं।" प्रवासजीवन बोले, "मैं अब देख रहा हूँ मैंने यह एक निरर्थक ज़िद की

थी। दरअसल हमारी दृष्टि हर समय स्वच्छ नहीं रहती है। अपने चारों ओर एक घेरा बनाकर हम अपने को उसी में क़ैद कर लेते हैं ; और फिर अपना ही दुःख, अपनी वेदना, अपनी समस्या, अपनी असुविधा, इन्हें बहुत भारी, बहुत बड़ा समझने लग जाते हैं और सोचते हैं कि हमसे ज़्यादा बुरा हाल और किसी का नहीं होगा। हमसे बड़ा दुःखी इन्सान दुनियाँ में है ही नहीं। जब नज़र साफ़ कर आँखें उठाकर देखता हूँ तो पाता हूँ दुनियाँ में कितनी तरह की समस्याएँ हैं। शायद हर आदमी दुःखी है। अपने को महान् समझकर दूसरे को दुःखी करते हैं हम। अपने को असहाय जताकर दूसरे को मिटा डालते हैं हम। तुझे मेरी चिन्ता करने की ज़रूरत नहीं है। मैं अच्छी तरह से हूँ।"

"हमेशा 'अच्छी तरह' से रह सकोगे ?"

प्रवासजीवन बोले, "अगर निराशा के हाथों आत्मसमर्पण न करके विश्वास करना शुरू करूँ तो ज़रूर अच्छी तरह हूँ और रहूँगा भी।"

पल भर के लिए रुके प्रवासजीवन।

चुपचाप बैठे बेटे की ओर देखकर बोले, "दोनों आँखें अगर खुली रखकर चारों ओर देखा जाये तो अपने दुःख, अपने स्वार्थ को बड़ा बनाकर सोचने के लिए शर्म-सी आती है।"

इस समय सौम्य अत्यन्त विचलित हो रहा था। वह केवल अपनी बात ही नहीं सोच रहा था। सोच रहा था परिवार के हर किसी के आशा भंग होने की बात को। शर्म से वह खुद गड़ा जा रहा था।

इतना विचलित था तभी सौम्य कह बैठा, "तुम सोच सकते हो पिताजी, एक लड़की का जीवन नष्ट हो गया– उसकी माँ के स्वार्थीपन और निष्ठुरता के कारण।"

प्रवासजीवन बोले, "सोचकर कष्ट होता है। और यह भी जानता हूँ सबसे बड़ा धक्का इन्सान खाता है बिल्कुल निकट के, अपने आदमी से। दूसरों की निष्ठुरता, स्वार्थबुद्धि गुस्सा दिलाती है, आक्रोश भर देती है मन में। लेकिन अपने ही क्षति पहुँचाते हैं, घाव को गहरा करते हैं।"

फिर थोड़ी देर चुप रहने के बाद बोले, "पहले मैं इतना नहीं सोचता था। अब लगातार अपने अन्दर झाँककर देखा करता हूँ तो पाता हूँ कि ढेर सारे सवालों के जवाब अपने आप मिलते जा रहे हैं।"

दिव्य ने पूछा, "गया था ?"

अवाक् होकर सौम्य बोला, "कहाँ ?"

"वाह ! ज्योति टेलरिंग।"

हा हा हा।

सहसा बड़ी जोर से हँसने लगा सौम्य।

"तो तुम लोगों ने सच मान लिया था कि शादी कर रहा हूँ।"

"क्या ? शादी नहीं कर रहा है ?"

"दिमाग़ ख़राब हुआ है ? खूब धोखे में रखकर कुछ दिनों तक तुम लोगों को उलझाये रखा।"

"ऐं ! कुछ दिनों तक हमें उलझाये रखने के लिए···"

"क्यों ? इसमें बुरा क्या हुआ ? घर में हर समय हर किसी का मुँह फूला रहता है। ये तो कुछ दिन···हा हा हा।"

इसके अलावा कोई चारा नहीं था।

सौम्य और कुछ कर नहीं सकता था।

पिताजी के सामने तक तो ठीक है। वह भी लाचार होकर। लेकिन घर के और लोगों के सामने उससे 'छोटा' होते नहीं बनेगा।

दिव्य बोला, "सुन रही हो क़िस्सा ?"

"सुना लेकिन विश्वास नहीं किया।"

"विश्वास नहीं किया ?"

"अविश्वसनीय है तभी नहीं किया।"

"तो फिर ?"

"तो फ़िर, कुछ और बात है।"

"मेरी तो अक्ल के बाहर की बात है।"

"तुम क्या अपनी अक्ल का दायरा खूब लम्बा-चौड़ा समझ रहे थे ?"

पत्नी को एकाकीपन से बचाने के लिए किंशुक को विशेष कोई उपाय नहीं सूझा तो वह दफ़्तर से दो बार टेलीफोन करने लगा।

" 'क्या कर रही हो ?' 'कैसी हो ?' 'सारी दोपहरी किचन में तो नहीं जुटी हुई हो ?' "

ऐसी ही बातें होतीं।

फिर भी दोपहर को आनेवाले फ़ोन पर ज़्यादातर ऐसी ही बातें होतीं, "एई, शायद लौटते-लौटते रात हो जाय। गुस्सा मत होना।"

"ओह ! मेरे गुस्सा होने से तो हुजूर चींटी के बिल में जा घुसेंगे।"

"नहीं जाऊँ ? तुम सच कह रही हो ?"

"रहने दो। रोज़ घर में दो बार फ़ोन करते हो। लोग क्या सोचते होंगे ?"

"अरे कुछ सोच सके आसपास ऐसा आदमी ही नहीं है। एई मिंटू, इस समय क्या कर रही हो ? कुछ नहीं ? बड़ी मुश्किल है—कुछ किये बगैर क्या रहा जा सकता है ? ज़रा सो ही तो सकती हो।"

"ओ-हो हो, ये भी तो किया जा सकता है···वैसे दोपहर में बुद्धू लोग सोया करते हैं।"

"हाँ, वही तो मुश्किल है। बाँग्ला भाषा की किताबें तो यहाँ दुर्लभ हैं। एक सज्जन कलकत्ता जायेंगे, उन्हें लिस्ट देकर कहा है। असल में मामला क्या है जानती हो ? कोई सहज ही में यह सब लाने की ज़िम्मेदारी लेना नहीं चाहता है। प्लेन से आते हैं न !"

"ए मिंटू, घर से एक चिट्ठी आयी है। माँ ने लिखा है, दशहरे में हमें वहाँ जाने के लिए। दशहरा मतलब वही अक्टूबर—माँ ने अभी, मई के महीने से गाना शुरू कर दिया है।"

"यह सारी बातें घर आकर भी कही जा सकती हैं।"

"फिर भी दफ़्तर से यह सारी बातें करना बहुत ज़रूरी लगता है।" और अन्त, घूम-फिरकर वही एक बात, "मिंटू आज शायद लौटते-लौटते रात हो जाये।"

मिंटू पूछती, "अच्छा फ़ोन पर सुनाने के लिए तुम्हारे पास एक कैसेट तैयार है क्या ?"

"ऐं ? क्या कह रही हो ? छिः-छिः। यही है तुम्हारी पतिभक्ति ? मैं तो कितनी तरह की नयी-नयी बातें कहता हूँ। हाय-हाय।"

आज भी बहुत सारी इधर-उधर की बातों के बाद किंशुक ने कहा था, "सुनो, आज भी शायद लौटने में···"

आज भी कहा था, "एक पार्टी है।"

न जाने क्यों सुनकर मिंटू को लगा आज उसे कुछ आज़ादी मिल गयी।

ग़नीमत है अभी बाल बाँधना नहीं पड़ेगा, शाम का स्नान जल्दी नहीं निपटाना होगा। पार्टी में गये हैं तो घर पर जलपान भी नहीं करेंगे।

जिस दिन पार्टी रहती है किंशुक घर आकर चाय तक नहीं पीता है।

सारे दिन भयंकर गरमी के बाद शाम को बहुत बढ़िया ठण्डी-ठण्डी हवा बह रही थी।

मिंटू खिड़की के पास मोढ़ा रखकर मज़े से हवा का उपभोग करने लगी।

एकाएक पीछे से कन्धे पर हाथ का स्पर्श।

मिंटू चौंककर बोली, "यह क्या ? आ गये ? तुमने तो कहा था पार्टी है।" कहते-कहते उठकर खड़ी हो गयी।

किंशुक बोला, "बड़ी मुश्किल है। इसमें हड़बड़ाकर उठने की क्या बात हो गयी ? जल्दी लौटकर वैसे मैंने काम बुरा किया है।"

मिंटू ने भौंहे सिकोड़ीं।

बोली, "ये कैसी बात कर रहे हो ? तुम भी इतना नख़रा करते हो। ओफ़ !"

किंशुक बोला, "विश्वास मानो, नख़रा नहीं। सचमुच ऐसा ही लग रहा है। तुम इतनी ध्यानमग्न बैठी थीं। ध्यानभंग के लिए अपराधबोध हो रहा हूँ।"

मिंटू ने फिर भौंहें सिकोड़ीं, "ध्यानमग्न ? 'समाधि' तो नहीं लगी थी ?"

"बहुत कुछ। खुले बाल हवा में उड़ रहे थे। धुँधली-सी रोशनी में चेहरा दिखाई नहीं पड़ रहा था, बैठने का ढंग तक स्टैच्यू जैसा। देखते ही लगा जैसे किसी शिल्पकार के लिए आदर्श मॉडल हो। और कुछ नहीं अगर मेरे हाथ में एक कैमरा ही होता तो उसमें मैं उस तस्वीर को बन्द कर लेता। उसके नीचे कैप्शन देता—'स्मृतियों के बोझ में डूबी आत्मविस्मित विरहिणी'।"

सुनकर मिंटू ने आँखें तरेरते हुए कहा, "पार्टी में क्या खूब बोतलें खुली थीं ? लालच नहीं सँभाल सके क्या ?"

किंशुक टाई की नॉट खोल रहा था। उसे खाट पर फेंककर उसने दोनों हाथों से मिंटू को अपने पास खींच लिया, "एई मिंटू, ठीक नहीं होगा बताये दे रहा हूँ। मैं मानहानि का केस करूँगा। उफ़, माँ ने मुझे कहा था कि कलकत्ते की लड़कियाँ बेहद उस्ताद क़िस्म की हैं, तू उनके साथ नहीं निभ सकेगा। तुझमें विद्या ज़रूर है, बुद्धि तुझमें नहीं के बराबर है। इसीलिए तेरी शादी क़स्बे की लड़की के साथ कर रही हूँ। अब माँ आकर ज़रा देख ले, क़स्बे की लड़की भी कैसी चीज़ होती है।"

मिंटू ने पूछा, "माँ ने सचमुच यह सब कहा था ?"

"कहा ही तो था।"

"तो पहले बताना था न ? तब मैं बुद्धुओं जैसी, गँवारों जैसी बनकर रहती। ख़ैर छोड़ो। तुम्हारे वेंकटेश्वर कहीं दरवाज़े के सामने आकर खड़े न हो जायें।"

हालाँकि किंशुक ने उसका कहा माना नहीं। बल्कि पकड़ की मज़बूती का और ज़्यादा अहसास दिलाते हुए कहा, "तुम जितना भी टाल जाने की कोशिश क्यों न करो, सच-सच बताओ तो खूब-खूब मन उदास कर स्मृति-सागर की गहराइयों में डूबी बैठी थीं कि नहीं ?"

मिंटू ने उत्तर दिया, "थी ही तो। इन्सान हूँ, कोई ईंट-पत्थर तो नहीं।"

"ठीक कहा।"

किंशुक ने उसके सिर पर अपनी ठोढ़ी टेकते हुए कहा, "मैं भी तो यही कहता हूँ, इन्सान हो, ईंट-पत्थर तो नहीं। फिर भी तुम ईंट-पत्थर बनने की साधना करने में लगी हुई हो। जीवन का पहला प्यार कभी दिल से भूलता नहीं है।"

ऐसे गम्भीरता से, गाढ़े स्वर से कही सहानुभूति की बातें सुन मिंटू की आँखें

भर आयीं।

फिर भी उसने अपने को सँभाला।

बोली, "तो यूँ कहो तुम्हें भी इस बात का अनुभव है।"

किंशुक बोला, "कहते हुए शर्म आती है फिर भी कहना पड़ेगा अभागे का भाग्य। न शैशव में न बाल्यकाल में, न कैशोर्य में एक प्रेमिका की जुगाड़ हो सकी। वह सारे सुनहरे दिन बोर्डिंग और हॉस्टलों में गुजार दिये। मेरे पास भी अगर ऐसा कोई अतीत होता तो आज तुमसे इतनी बुरी तरह से हारता नहीं।"

किंशुक के हास्योज्ज्वल चेहरे की ओर देखकर मिंटू विह्वल हुई, मुग्ध हुई। इन्सान ऐसा महान्, ऐसा सुन्दर और ऐसा उदार हो सकता है ? और उसी के साथ-साथ ऐसा कौतुक, प्रिय, हँसमुख स्वभाव ?

ऐसे महान् हृदय के हाथों कौन बेमोल नहीं बिकेगा ?

फिर भी मिंटू ने अपने सेण्टीमेण्ट्स को प्रकट होने नहीं दिया।

इसीलिए बोली, "सभी कुछ तो मेरी पहुँच के बाहर है, यहीं एक जगह हारे रहो न। ख़ैर, बताओ इस वक़्त क्या लोगे ? चाय ? या कि क़ॉफी ?"

"कुछ नहीं। पार्टी में यह चीज़ें कई बार पी चुका हूँ।"

साथ ही बड़े भोलेपन से कहा, "जो ख़ाना चाहता हूँ उसे तो दोगी नहीं। कहोगी, 'एई, वहाँ वेंकटेश्वर है', 'एई बाग में त्रिचुरेश्वर है' 'अरे-अरे पेड़ पर दो चिड़ियाँ बड़ी-बड़ी आँखें निकाले हमहीं को देख रही हैं'।"

मिंटू हँसने लगी।

किंशुक के कहने के ढंग पर हँसे बगैर रहा भी तो नहीं जाता है। किंशुक बोला, "यहाँ आओ। डरो नहीं, दो फुट दूर बैठोगी तो भी चलेगा। तुम्हारे लिए एक जबरदस्त सरप्राइज है।"

मिंटू पास सरक आयी।

"बात कुछ है या फिर कोई चालाकी का नमूना पेश कर रहे हो ?"

किंशुक बोल उठा, "चालाकी ? हाय-हाय। क़स्बे की लड़की के हाथों मेरी यह दुर्दशा ? ओफ़ ! काश तुम्हें मैं दफ़्तर ले जाकर दिखा सकता। वहाँ चौधरी साहब की क्या पोज़ीशन है···ख़ैर अब तुम आँखें तो बन्द करो।"

"आँखें बन्द करूँ ?"

"हाँ, आँखें बन्द करके हाथ फैलाना होंगे।"

मिंटू ने समझा, ज़रूर हाथ फैलाने पर एक चॉकलेट रख देगा किंशुक।

आँखें बन्द कीं। हाथ फैला दिये।

लेकिन यह क्या ?

मिंटू ने अवाक् होकर हाथ पर रखे डाक से आये लिफ़ाफ़े की ओर देखा। किसके हाथ की लिखाई है ?

'प्रेषक' के स्थान पर किसका नाम है ?

सारा शरीर मानो भूकम्प का झटका खाकर थर-थर काँपने लगा, फिर भी उसने भीतर हो रही उथल-पुथल को शान्त और संयत कर लिया। चिट्ठी बगल में रखकर किंशुक की फेंकी टाई उठाकर तह करने लगी।

किंशुक को जो समझना था उसने समझ लिया।

फिर भी बोला, "क्या हुआ ? 'गाँव के रिश्तेदार' की तरह अवहेलनापूर्वक एक तरफ डाल क्यों दी ?"

मिंटू ही क्यों हार मान ले ?

बोली, "देख तो रहे ही हो प्रेमपत्र है। मैं क्या भरी महफ़िल में पढ़ने बैठ जाऊँ ?"

"ओ ! बात तो सच है। सॉरी। निराश प्रेमी के हृदय का उच्छ्वास है। अच्छा तब तक जाकर नहा लूँ। तुम एकान्त निर्जन में…"

फिर हँसकर बोला, "लेकिन उन महाशय को सरल स्वभाव का कहना पड़ेगा। मिसेज़ चौधरी को लिखा प्रेमपत्र मिस्टर चौधरी के केयर में, उन्हीं के दफ़्तर के पते पर भेज रहे हैं।"

मिंटू ने आँख उठाकर देखा।

बोली, "सरल है या नहीं यह तो नहीं जानती हूँ परन्तु मेरे साथ एक शरीफ़ इन्सान का विवाह हुआ है इस बात पर उसने विश्वास किया है।"

किंशुक अलगनी से धुला कुर्ता-पैजामा लेकर जाते हुए, दीर्घश्वास छोड़ने की-सी मुद्रा बनाकर बोला, "माँ मेरी, ज़रा आकर क़स्बे से लायी इस लड़की को देख जाओ।"

चिट्ठी देते समय उसका दिल कह रहा था मिंटू ज़रूर रोयेगी। और रोना स्वाभाविक ही है।

उदासी, रोना-धोना वह बिल्कुल बरदाश्त नहीं कर सकता है इसीलिए वह मुक़ाबिला करने से क़तराता भी है।

चला गया।

कुछ देर तक नहाता रहेगा।

लेकिन यही था क्या मिंटू का प्रेम-पत्र ?

किंशुक के शब्दों में निराश प्रेमी के हृदय के उद्गार ?

इसी के लिए मिंटू का सारा शरीर थरथरा कर काँप उठा था ? क्या इसी डर से अधमरी हुई जा रही थी कि पत्र पढ़ने के बाद वह किंशुक के साथ स्वाभाविक

ढंग से बातचीत कैसे कर सकेगी ?

कुछ मिनट बीत गये। लिफ़ाफ़ा हाथ में लिये बैठी रही। खोल न सकी।

उसके बाद ही लगा किंशुक ने आकर देखा कि अभी भी चिट्ठी खोलकर पढ़ी नहीं है, पत्थर-सी बैठी है तो क्या सोचेगा ?

किन्तु नहीं। लज्जित होने जैसी कोई बात नहीं लिखी थी अरुण ने।

किंशुक काफ़ी देर बाद वापस लौटा। स्नानगृह से ही पूरे कपड़े पहनकर निकला था।

मिंटू ने हाथ की चिट्ठी उसकी तरफ़ बढ़ाते हुए कहा, "ये लो पढ़ो निराश प्रेमी के हृदयोद्गार।"

किंशुक दो क़दम पीछे हट गया। डरा। कहीं मिंटू ने उसके किये मज़ाक़ को सच मानकर युद्ध तो नहीं छेड़ दिया ? बोला, "सर्वनाश ! मैं क्यों पढ़ूँ ?"

"पढ़ो न ! इससे कुछ होगा नहीं।"

"नहीं-नहीं। पागलपन मत करो।"

"पागलपन नहीं। सचमुच तुमसे पढ़ने को कह रही हूँ। क्योंकि इसका उत्तर देने के लिए तुमसे परामर्श करना होगा।"

किंशुक मन ही मन काँप उठा।

हे भगवान् ! क्या उस आदमी ने परेशान होकर मिंटू को डायवोर्स करने की सलाह दी है ? इसीलिए किंशुक के केयर में बेझिझक चिट्ठी भेज सका था ?

"नहीं। दूसरों की चिट्ठी पढ़नी नहीं चाहिए।"

"पढ़ते तो, कोई हर्ज़ न होता।"

कहकर मिंटू चिट्ठी वहीं छोड़कर उठ गयी।

हालाँकि किंशुक ने इस मौक़े का फ़ायदा नहीं उठाया।

परन्तु अगर पढ़ता तो यही पढ़ता—

"मिंटू, दुहाई है। अपना हुक्म वापस लौटा लो। बड़ा आदमी माने अमीर बनना मेरे वश का नहीं। तुमने हुक़्म दिया था, ईमानदारी से या बेईमानी से, जिस तरह से बनें, मुझे अमीर बनना ही होगा। अपने पड़ोस के ताऊ और ताईजी को उनके घमण्ड का मुँहतोड़ उत्तर देना ही पड़ेगा।···

"लेकिन क्या करूँ बताओ, तुमरा अरुणदा सचमुच ही एक निकम्मा इन्सान है। किसी तरह की क्षमता नहीं है उसमें।

"इससे फ़ायदा ही क्या होगा ? अब अगर मैं बड़ा भारी अमीर आदमी बन भी गया तो मेरा फ़ायदा क्या होगा ? यही न, कि जिन्हें मैं जीवन भर अपना गुरुजन मानता आया था उनको नीचा दिखा लूँगा ? दो बूढ़े-बूढ़ी के किये का फल देने का कोई अर्थ होता है ? दुत्।

"सोचो ज़रा, बचपना नहीं तो ये और क्या है ?

"मैं लाज-शर्म भुलाकर यथा स्थान लौट आया हूँ। पहले की तरह डेलीपैसेन्जरी कर रहा हूँ क्योंकि माँ की तबियत अब ठीक नहीं रहती है। अकेला छोड़ा नहीं जा सकता है। नाटू की माँ याद है न ? वही आकर खाना-वाना बनाकर रख जाती है और जो कुछ बाकी रहता है उसे मैं किसी तरह से कर लेता हूँ।

"अब महसूस कर रहा हूँ कि जो कुछ हुआ है अच्छा ही हुआ है। तुम्हारा भाग्य तुम्हें राजरानी बनाकर ही मानेगा। ज़बरदस्ती इसके विपरीत कुछ करने चलते तो जानती हो क्या होता ? काम करते-करते रंग काला पड़ गया होता और देखते ही देखते अरुण नामक निकम्मे अभागे की ज़िन्दगी मिट्टी में मिल गयी होती।

आशा करता हूँ खूब अच्छी तरह से होगे। अच्छी तरह से ही रहना।

पति सहित मेरी शुभकामना ग्रहण करना। इति

मिंटू ने उत्तर दिया–

"अरुणदा ! दुर्बुद्धि मिंटू का हुक्म मानना तुम्हारा काम नहीं, ये मैं जानती थी। ऐसी आशा करती भी नहीं थी। सभी रास्तों का पता जानना, सबके लिए सम्भव नहीं। ख़ैर, पलायक आसामी की तरह गृहत्यागी न होकर फिर से 'डेली पाखण्डी' की भूमिका सँभाल ली है जानकर खुशी हुई।

"परन्तु नयी चाची की तबीयत का हाल सुनकर मन बड़ा उदास हो गया। यह केवल शरीर का ही कलपुर्जा बिगड़ने से ऐसा हुआ है, ये बात नहीं है। नाटू की दादी से इस समस्या का समाधान न हो सकेगा। अतएव पुराने हुक्म के बदले नया हुक्म दे रही हूँ–'चाचीजी के घर में एक बहू ले आओ।'

"ज़िन्दगी नाटक नहीं है अरुणदा, कि उसे बरबाद किया जाये। तुम अवश्य ही नहीं चाहोगे कि मिंटू सोने के पलँग पर पड़ी-पड़ी लम्बी-लम्बी साँसें लेती रहे।

"लेकिन हाँ, ऐसी-वैसी लड़की आकर चाचीजी का घर तहस-नहस कर डाले, ऐसा मैं नहीं होने दूँगी। लड़की का चुनाव मैं स्वयं करूँगी। (यहाँ तक लिखने के बाद मिंटू ने अपने पति से परामर्श करना चाहा था। उसके बाद लिखा था) चुनाव करूँगी क्या, समझ लो किया है। मेरी एक ममेरी ननद है। बहुत अच्छी लड़की है। होगी ही। एक बहुत ही भले आदमी की बहन जो ठहरी। मुझ जैसी सुन्दरी नहीं है (वैसी अब तुम्हें मिलेगी कहाँ ?) लेकिन फिर भी नयी चाची लोगों को बुला-बुलाकर बहू दिखाते वक्त शर्मिन्दा नहीं होगी। ज़रा पढ़ी-लिखी कम है। हायर सेकेण्डरी के बाद घर की असुविधाओं के कारण पढ़ाई बन्द हो गयी। लेकिन इससे फ़र्क़ क्या

पड़ता है ? ग्रेजुएट लड़की को क्या तुम धो कर पीओगे ? बहुत सोचने-समझने के बाद ही मेरा यह सिद्धान्त है।

"अगर शादी करने को राज़ी न हुए तो इन दो नकचढ़े घमण्डियों को लिखकर बता दिया जायेगा कि तुम्हारी कन्या के विरह ने इस लड़के का जीवन बरवाद कर दिया है।

"नेवर ! ऐसा होने नहीं देना है अरुणदा। ऐसा हुआ तो मैं कभी भी पिता के घर जा नहीं सकूँगी। जाने की इच्छा ही नहीं होगी। शर्म से सिर [illegible] रहेगा। चाचीजी को अपना मुँह न दिखा सकूँगी।

"और अगर पता चलेगा कि चाची का लड़का विवाह करके बहू के साथ सुख से रह रहा है तो कभी-कभार जन्मभूमि में पैर रखने की इच्छा तो होगी। और उस सुखी घर पर जब-तब जा-जाकर हमला भी कर सकूँगी। आरि [illegible] ननदं का घर होगा। ननद के घर निःसंकोच जाया जा सकता है और ननदोई क साथ निर्भय होकर बोला-बतियाया जा सकता है।

"मान गये न ?

"मिंटू की बुद्धि कितनी तीख़ी है।

"असल में जानते हो अरुणदा, भगवान ने मुझे ऐसा एक सुन्दर इन्सान दे दिया है जिसका प्यार, जिसके साहचर्य ने मुझे एक नये जीवन का स्वाद चखा दिया है। मैं जान गयी हूँ इन्सान अपना जीवन खुद गढ़ता-बिगाड़ता है।

"'सीरियस' होकर उसे पहाड़-सा भारी बनाया जा सकता है और चाहो तो उसी जीवन को पक्षी के पर जैसा हल्का-फुलका बना लो। इसके लिए ज्यादा कुछ करना नहीं पड़ता है, अरुणदा। केवल दूसरे के प्रति जरा-सी सहानुभूति, ज़रा-सा प्रेम चाहिए।"

"अवश्य ही इसी के साथ उदारता भी ज़रूरी है। अगर हर समय 'मुझे क्या मिला' सोचते रहे तो हल्का होना सम्भव नहीं।

"मैंने एक लम्बा-चौड़ा भाषण दे डाला न ? अब क्या किया जाये। स्वभाव मरते दम तक साथ नहीं छोड़ता है। माँ कहती थी न, 'मिंटू एक की जगह सौ बात करती है'।

"ख़ैर, नयी चाची को मेरा चरणस्पर्श कहना और मेरे प्रपोजल पर ज़रा विचार करना।

"पति सहित मैं तुमको अपना आदर स्नेह भेज रही हूँ। ये सज्जन तुमको देखे बिना ही तुम पर जान न्यौछावर कर बैठे हैं।"

□□